Óscar Urra
Poker mit Pandora

metro

Óscar Urra
Poker mit Pandora

Kriminalroman

Aus dem Spanischen von Peter Kultzen

Unionsverlag

metro – Spannungsliteratur im Unionsverlag,
begründet von Thomas Wörtche

Die Originalausgabe erschien 2008 unter dem Titel
A timba abierta bei Editorial Salto de Página, Madrid.
Deutsche Erstausgabe

Die Übersetzung aus dem Spanischen wurde mit Mitteln
des spanischen Kulturministeriums unterstützt – Ministerio de Cultura,
Dirección General del Libro, la Lectura y las Letras Españolas.

GOBIERNO DE ESPAÑA MINISTERIO DE CULTURA

Im Internet
Aktuelle Informationen,
Dokumente, Materialien
www.unionsverlag.com

Rieterstrasse 18, CH-8027 Zürich
Telefon 0041-44-283 20 00, Fax 0041-44-283 20 01
mail@unionsverlag.ch

Umschlaggestaltung: Peter Löffelholz, Zürich
Umschlagbild: spxChromo (istockphoto.com)
Druck und Bindung: Bercker Graphischer Betrieb, Kevelaer
ISBN 978-3-293-00428-3

Für meinen Lieblingshelden Carlos Duart Gaitero

1

Die Krawatte flattert im lauen Herbstwind, der Mann sieht nach unten, wo die Leute sich im Nachmittagslicht lärmend durch die kurze Calle Doctor Cortezo schieben. Sie alle scheinen genau zu wissen, wohin sie wollen, anders als der Mann an der Dachkante, der in diesem Augenblick groteske Gleichgewichtsübungen vollführt, als ginge es nicht bloß darum, sich einfach fallen zu lassen oder vielmehr sich hinunterzustürzen, wie es morgen in den Nachrichten heißen wird: »Detektiv stürzt sich vom Dach seines Hauses.«

Jetzt lässt er sich der Länge nach auf dem Sims nieder, aber nicht etwa, um seinen Entschluss noch einmal zu überdenken – gerade weil er so viel nachgedacht hat, kam er ja zu der Entscheidung, auf die Dachterrasse zu steigen, und er hat es gern, wenn sich das eine folgerichtig aus dem anderen ergibt, diese Liebe für alles Logische wird er doch nicht aus einer bloßen Laune heraus aufgeben. Was er jedoch nicht will, ist springen. Lieber streckt er seinen von fünfzig langen Lebensjahren gebeutelten Körper bäuchlings der Länge nach aus und lässt ihn langsam zur Seite rollen – in Anbetracht seines Gemütszustands und der sonstigen Umstände käme ihm ein energischer Sprung ins Leere viel zu fröhlich, ja geradezu vitalistisch vor. Der gedämpfte Lärm, der von der Straße aufsteigt, wird jetzt vom Knistern der Zigarettenpackung in seiner Jackentasche überdeckt. Folgsam und dankbar kommt die Hand der Aufforderung nach. Ein letzter Wunsch? Sein Gesicht verzieht sich zu einem Lächeln, und die Brille gerät in Bewegung, während er sich die Zigarette zwischen die verkniffenen Lippen stopft. Das Lächeln wird von den Scheiteln der unten Vorbeigehenden flüchtig erwidert.

Der Mann hustet, er fühlt sich unsäglich müde. Er fährt sich mit der Zunge über die Lippen, beugt sich noch einmal über den Abgrund, Schwindel empfindet er dabei nicht. Dass er seine letzte Zigarette ganz besonders genießen würde, kann man aber auch nicht sagen, eigentlich müsste er mal pinkeln, so auf dem Bauch zu liegen, bekommt ihm jedenfalls nicht, doch als er gerade beschlossen hat, sich zur Seite zu drehen und endgültig Schluss zu machen, vernimmt er hinter sich ein wüstes Durcheinander von spitzen und tief dröhnenden Schreien, die sich unter anderem auf seinen Namen und seinen Beruf zu beziehen scheinen. Sie erzeugen einen derartigen Krach, dass die Neugier zuletzt über sein Desinteresse an allem, was mit seinen Mitmenschen zu tun hat, obsiegt. Der Selbstmordkandidat wendet den Blick vom Asphalt der Calle Doctor Cortezo ab und dreht seinen geplagten Körper in Gegenrichtung, woraufhin sich ihm der ungewöhnliche Anblick zweier reglos dastehender, keuchender Gestalten bietet: Die eine, ein kleiner Mann mit Hut im dunklen Anzug mit Hochwasserhosen, klammert sich noch an den Griff der Eisentür zur Dachterrasse; die andere, ein Schrank im Rollkragenpullover, glotzt ihn aus runden Kuhaugen an. Dem Mund von Letzterem entringt sich schließlich ein flehentliches »Tun Sies nicht!«. Wie eine Betonmischmaschine dreht er die Silben traurig und ernst im Mund herum.

Da es für den Mann aufs selbe hinausläuft, ob er hierauf antwortet oder nicht, raucht er erst einmal ohne jede Erwartung schweigend weiter. Die anderen beiden ziehen derweil die Augenbrauen hoch und zwinkern und nicken sich zu, als wären sie beim Kartenspielen. Nachdem sie sich endlich einig geworden sind, setzt der Schrank erneut die Betonmischmaschine in Gang.

»So spricht der Heiland, unser Retter: ›Siehe, ich stehe vor der Tür und klopfe an. So jemand meine Stimme hören wird und die Tür auftun, zu dem werde ich eingehen und das Abendmahl mit ihm halten und er mit mir.‹ Hören Sie Seine Stimme und machen Sie auf!«

Der Mann will mit den Schultern zucken, mehr als einen Hustenanfall, der ihn schier zu ersticken droht, bringt er jedoch nicht hervor. Die Stimme des Heilands hört er so natürlich nicht, dafür hupt irgendwo an der Plaza de Tirso de Molina ein Auto, woraufhin wie auf ein Signal sogleich zwei, drei weitere Autos in das Konzert einstimmen. Der Schrank feuert die nächste Salve ab. »Denken Sie an Ihre Geschwister, Ihre Kinder, Ihre Freunde: Das haben die nicht verdient …«

Da gibt es einen Bruder, der ist Pfarrer. Seit zwanzig Jahren trifft er ihn nur noch im Beichtstuhl. Und eine siebzehnjährige Tochter, die über nichts anderes redet als über die ständig steigenden Mietpreise. Sie lebt bei der Mutter. Und »Freunde« – er wüsste nicht, auf wen dieses Wort zutreffen könnte. Was die Pflastersteine des Gehwegs auf der linken Seite der Calle Doctor Cortezo nur darin bestärkt, ihr Recht einzufordern.

Zuvor aber noch ein letzter Zug an der Zigarette. Sie soll erst ausgehen, wenn den anderen auch die Argumente ausgegangen sind.

»Natürlich ist das Leben sinnlos und ohne Erbarmen: Man wird alt, leidet, macht seinen Abgang. Was anderes haben wir aber nun mal nicht, und manchmal geschieht eben doch ein Wunder, und wir sind glücklich und erfüllt und können das Leben genießen …«

Wer weiß, wer die beiden sind, eins jedenfalls bestimmt nicht: Bullen. Eine lange Minute sehen die drei sich bloß schweigend an, bis der Typ im Anzug beschließt, auch etwas zu sagen. Er wirft sich in die Brust, hervor kommt aber nur ein fiepsiges Stimmchen, das verkündet: »Das Leben ist ein großes Spielkasino, und jeden Tag müssen wir unseren Einsatz machen. Eins verspreche ich Ihnen, Detektiv Julio Cabria: Die Summe, die im Büro für Sie bereitliegt, wird sich verdoppeln. Die Gelegenheit dürfen Sie sich nicht entgehen lassen …«

Noch nie hatte jemand den Polizeibeamten Meléndez ohne seine Weste gesehen, geschweige denn in Eile, und dass er einmal nicht gelächelt hätte, konnte eigentlich auch niemand bezeugen, im Gegenteil, im Lächeln hatte Meléndez es längst zu einer schwer erreichbaren Meisterschaft gebracht – leutselig, elegant und hinterhältig, alles auf einmal, so kam es daher, und immer auf seine nuancenreiche Stimme zugeschnitten, die sanft und zugleich ein wenig kratzig im Abgang war wie ein edler, gut ausgereifter Wein mit leicht giftigen Tanninen.

Wer Meléndez beim Gehen zusah, hätte denken können, es herrsche ewiger Frühling, und das in einer Stadt, wo der Winter angeblich neun Monate dauert und es die restliche Zeit heiß wie in einem Backofen ist. Seine schlaksige Schlawinergestalt schwankte lässig wie ein Orang-Utan, der sich von Liane zu Liane hangelt, zwischen dem Kommissariat Leganitos und der gegenüberliegenden Bar hin und her. Hoch aufgeschossen in seinen blauen oder dunkelvioletten Anzügen trat er mit Hingabe alle noch glühenden Zigarettenkippen aus, die ihm vor die knochenfarbenen Schuhe kamen, und nutzte jede Gelegenheit, den anderen ungefragt sein aufklappbares silbernes Feuerzeug entgegenzuhalten.

Meléndez hatte eine Geliebte, ein Bündel halb ausgefüllter Lottoscheine in der Tasche und fünfundfünfzig Jahre auf dem Buckel und war sich all dessen wohl bewusst, als er am frühen Montagmorgen in das Büro seines Vorgesetzten Hauptkommissar Subirats gerufen wurde.

Als er eintrat, stand Subirats mit dem Rücken zu ihm am Fenster und rieb sich die feisten Hände. Auf dem Tisch lagen ein blauer und ein weißer Aktenordner. Der Himmel war voll dunkler Wolken, und Meléndez hatte gleich ein schlechtes Gefühl.

»Wie lange kennen wir uns jetzt schon, Meléndez?«

Der Angesprochene setzte sich, legte die Beine übereinander, nahm eine Zigarette aus dem Etui, steckte sie an und warf eine zweite Zigarette auf den Tisch. »Schieß los, Chef. Worum gehts?«

Subirats drehte sich um und sah ihn mit riesigen blauen Augen und einem ausdruckslosen Gesicht an, das ihm die Spitznamen Trottel, Eule und, in der letzten Zeit, Pastete eingetragen hatte. Er griff nach der Zigarette, zündete sie an und ließ sich seinerseits in einen Sessel fallen.

»Zum dritten Mal machen die mir jetzt schon Druck von oben. Ich soll das mit deiner Pensionierung vorziehen. Als besonders engagiert kann man dich nicht bezeichnen, sagen die von der Personalabteilung. Und wenn du es wissen willst: Ich finde, sie haben recht. Aber das weißt du ja selbst. Seit fünfzehn Jahren machst du nichts anderes als Fliegen fangen.«

In eine Rauchwolke gehüllt, drangen Meléndez Subirats'

Worte zum einen Ohr hinein und zum anderen wieder hinaus, um sich anschließend friedlich in Luft aufzulösen. Auf halbem Weg trafen sie noch rechtzeitig auf ihr in einen bitteren inneren Monolog eingeschlossenes Gegenstück: Ja, fünfzehn Jahre ist das jetzt her, die *Operation Käfig* und das Verbrechen in der Calle Velázquez, meine letzten beiden Großtaten. Damals ist auch meine Frau gestorben, das weißt du genau, Schwachkopf. Ich war völlig runter, mit meinem Riecher wars vorbei, und ich bin bloß deswegen nicht als Alkoholiker geendet oder in der Psychiatrie, weil ich mich eigenhändig an meinen alten Heizkessel gekettet habe, in meinem Haus draußen in Galapagar, im Keller, bis das Schlimmste überstanden war. Irgendwann erzähl ich dir mal, wie es mir damals ergangen ist, es war die Hölle – irgendwann hast du dir das verdient. Den Schlüssel von den Handschellen trage ich bis heute an einem Silberkettchen um den Hals, *die* Erfahrung darf ich nie vergessen. Und du meinst, du kannst mir was erzählen von wegen Fliegen fangen, und den Typen von der Personalabteilung servierst du meinen Kopf auf dem Silbertablett – das sind doch bloß ein paar Grünschnäbel und linke Wichtigtuer. *Der Steuerzahler muss für alles aufkommen*. Verfluchte Schweine.

Das Büro füllte sich mit Rauch, der von dem durchs Fenster einfallenden Licht in vollkommen gleichmäßige Scheiben geschnitten wurde. Auf dem Deckel des weißen Aktenordners konnte Meléndez seinen Namen erkennen, er enthielt offensichtlich die Unterlagen für seine vorzeitige Pensionierung, nur die Unterschriften fehlten.

»Verstehe. Freiwillig gehe ich allerdings nicht in Rente. Mir macht meine Arbeit Spaß, was Besseres habe ich nicht zu tun.«

»Dann schicken sie dich für den Rest deiner Tage – deiner Laufbahn – nach Colmenar de Oreja, Velilla de San Antonio oder an einen anderen weißen Fleck auf der Landkarte. Da hast du nicht das Geringste zu melden. Deine Welt ist das Stadtzentrum von Madrid. Nur hier bist du zu irgendwas zu gebrauchen, mitten in Madrid ...«

Meléndez bemerkte, dass Subirats den Blick unwillkürlich zu dem blauen Ordner schweifen ließ, und hatte sogleich eine Vorahnung. Er kannte seinen Chef lange genug. Der Trottel hatte noch ein Problem, es lag vor ihnen auf dem Tisch. Meléndez verzog den Mundwinkel, bis sich auf der einen Gesichtshälfte ein Lächeln abzeichnete.

»Und was hat das Zentrum von Madrid mit dem kleinen blauen Ordner da zu tun?«

Bei der Frage kam Subirats schlagartig in Fahrt. Zunächst sagte er, Meléndez solle still sein, so als wäre noch jemand im Raum. Dann drückte er die gerade erst angezündete Zigarette aus, um sich umgehend eine neue anzustecken. Eine Weile sah er Meléndez mit halb geschlossenen Augen an, dann entschied er sich endlich, zu reden, nachdem er den blauen Ordner missmutig beiseitegeschoben hatte.

»Keine Ahnung, was das sein soll. Das kam heute Morgen von der Zentrale. Supereilig ist es nicht, aber einfach im Archiv verschwinden lassen kann ich es auch nicht. Ich sage deshalb, dass ich nicht weiß, was das sein soll, weil es zwar weder besonders eilig noch geheim ist, aber als Absender steht ›Interpol‹ drauf und ›Spezialeinheit Informatik‹. Also sag du mirs, was soll das sein, he?«

»Informationen, die keiner nachgeprüft hat, Spitzelpost, irgendwelche ausgeplauderten Geschichten.«

»Genau so ist es. Bestimmt bloß wieder so eine Fährte, die

nirgendwohin führt. Die Kollegen aus Europa haben was, aber was, wissen sie selbst nicht. Das hier sind gerade mal drei, vier Puzzleteilchen. Wir sollen sehen, ob wir noch eins finden, das dazu passt. Und einer muss einen Bericht schreiben, auch wenn bloß drinsteht, dass es nichts zu berichten gibt. Die von der Zentrale wollen jedenfalls, dass sich jemand besonders um das Stadtzentrum von Madrid kümmert. Vor allem wollen sie wissen, ob irgendwo irgendwelche Italiener auftauchen.«

»Italiener?«

Subirats hörte auf, den Besorgten zu spielen, und lehnte sich im Sessel zurück. Ganz langsam, den Blick immer auf Meléndez gerichtet, ließ er den weißen Ordner in einer der Schreibtischschubladen verschwinden. Da blitzte es in seinen Augen auf: *»Prego.«*

Meléndez seufzte, lächelte und strich sich über die rechte Kotelette, die in vollendeter Symmetrie zu der auf der linken Seite ein großes J bildete.

Sekunden später verließ er Subirats' Zimmer, in der Jackentasche die zusammengerollte blaue Akte. Zwischen den Zähnen pfiff er leise den Refrain von *Volare*.

Nach der Umgestaltung war die Plaza de Tirso de Molina luftiger, es gab Blumen, Erdaufschüttungen, unter denen sich Bunker zu verbergen schienen, Laternen, die aussahen, als hätte ein Raumschiff sie zurückgelassen, futuristisches Spielplatzmobiliar und ein beschauliches nachbarschaftliches Leben. Was es nicht mehr gab, waren Bäume, Autos, Sand, Lärm, Sitzmöglichkeiten und wirkliche Abenteuer. Dort, wo man früher Streitigkeiten mit Taschenmessern, Keulen und Äxten ausgetragen hatte, patrouillierte jetzt rund um die Uhr die Polizei. Die zahnlückigen, versoffenen Penner hatten sich in die angrenzenden Straßen verzogen, um dort in die Hauseingänge zu pinkeln und grölend ihre Flamenco-Künste zum Besten zu geben. Geblieben waren die Gruppen von Punks, die es sich mit Literflaschen voll Bier zwischen den Beinen auf dem Boden bequem machten, und – immer sonntagvormittags, gleichsam als natürliche Erweiterung des nahe gelegenen Rastro – die Verkaufsstände der Anarchosyndikalisten von der CNT, die hier ihre Zentrale hatte, sowie die Leute, die auf einen Wermut vorbeikamen und sich anschließend mit der Wochenendbeilage der bürgerlichen Presse unterm Arm und in der Tasche eine CD von Boikot oder ein Buch des Fürsten Kropotkin zur Siesta in ihre Wohnungen zurückzogen.

An diesem Sonntag Ende September schien die Sonne, und ein frischer Wind blies hartnäckig durch die Straßen der Stadt.

»Okay, du bist also Arbeiter. Und wie bist du organisiert, he? Ein Arbeiter ohne Organisation ist kein Arbeiter, das ist ein Niemand, eine Witzfigur, noch schlimmer: eine Marionette. Ein Sklave des Systems. Ich glaubs nicht – wann begreifen die Leute das endlich?«

Zwei von der CNT diskutieren an einem Stand voller Durruti-Devotionalien. Die Leute um sie herum blättern in Büchern und verfolgen mit einem Ohr lächelnd ihren Streit. Der gerade spricht, hat eine kräftige, durchdringende Stimme, einen von grauen Strähnen durchzogenen Prophetenbart und eine üppig gelockte Poetenmähne. Trotz des aufdringlichen Windes trägt er ein kurzärmeliges Hemd. Durch die Gläser seines verbogenen Brillengestells sieht er sein Gegenüber herausfordernd an, einen Mann in Jeanslatzhose, dessen Haar zu einem langen Pferdeschwanz gebunden schlaff auf seinen Rücken fällt. Auch er gestikuliert heftig, seine Stimme geht jedoch in der allgemeinen Geräuschkulisse unter, anders als die seines Kontrahenten, der seine Überzeugungen immer lautstarker vorträgt.

»Ich hab dir schon gesagt, was ich davon halte. Der Individualismus ist der Untergang der Arbeiterklasse, da können sie ihn uns noch so schön als Freiheit ausmalen. Freiheit – wofür denn? Damit du frei entscheiden kannst, welche Farbe die Kette hat, die du dir um den Hals legen lässt? Was ist besser: sich verteidigen, zusammen angreifen, gemeinsam was aufbauen oder alleine sterben? Aber du spielst lieber den Anarcho, und der Staat macht inzwischen mit dir, was er will.«

Der mit dem Pferdeschwanz fuchtelt noch heftiger mit den Händen, dreht sich einmal um die eigene Achse, versucht verzweifelt, sich Gehör zu verschaffen. Die Leute haben aufgehört zu lächeln, trotzdem stoßen immer mehr Neugierige hinzu. Der Bärtige wird immer lauter und unversöhnlicher: »Der Staat entscheidet, wann du stirbst, ja? Ja, das geht euch alle an! Wer von euch ist denn in der Gewerkschaft? Da schaut ihr, was? Genosse Durruti würde sich im Grab umdrehen, wenn er euch sehen könnte!«

Die Leute fühlen sich herausgefordert, werden ärgerlich, tippen sich an die Schläfe, gehen zuletzt aber weiter, während der mit dem Pferdeschwanz die Vorstellung für diesen Sonntagmorgen beendet und anfängt, seine Sachen zusammenzupacken. Dabei kümmert er sich nicht um das Gezeter seines Mitstreiters, den schließlich die Wut packt. Mit einem abschließenden »Verräter an der eigenen Klasse! Ihr werdet schon sehen, bald fliegt hier alles in die Luft!« verpasst er dem Verkaufstisch einen gezielten Tritt. Bücher, auf deren

Umschlag das kantige, wettergegerbte und ironisch dreinblickende Gesicht Buenaventura Durrutis in der Madrider Sonne glänzt, schießen in alle Richtungen davon.

Das erschreckt die Tauben, die bis dahin auf den steinernen Schultern der Statue von Tirso de Molina gesessen haben. Sie fliegen alle gleichzeitig auf und landen, nachdem sie eine elegante Ellipse über dem Platz ausgeführt haben, an genau der Stelle, von der sie losgeflogen sind.

2

Julio Cabria klopfte sich den Staub von der Jacke, während er die Treppe, die die vier Stockwerke zwischen der Dachterrasse und seinem Büro verband, hinunterstieg. Hinter ihm, ohne ein Wort zu sagen, der Kleine und der Schrank. Im Büro erwartete ihn jemand, von dem er kaum mehr als die Umrisse erkennen konnte, weil niemand auf die Idee gekommen war, das Licht anzumachen, und die Jalousien wie immer heruntergelassen waren.

Detektiv Cabria nahm so selbstverständlich auf seinem Schreibtischsessel Platz, als wäre er nur kurz weg gewesen, um Heftklammern zu besorgen. Jetzt befand er sich seinem Besucher direkt gegenüber und konnte ihn genauer in Augenschein nehmen. Sein Alter war schwierig einzuschätzen. Er trug einen beigen Anzug mit braunen Streifen und den dazu passenden Hut. Das spitze Kinn stützte er auf zwei knochige Hände, die ihrerseits auf dem Silberknauf eines Elfenbeinstocks ruhten. Die leuchtenden Augen starrten auf einen Punkt irgendwo im Raum, keinesfalls jedoch auf die Stelle vor ihm, wo sich der Körper des Detektivs befand.

Die zwei Leibwächter des Mannes zogen sich in den Hintergrund zurück und steckten sich Zigaretten an, woraufhin der Mann aus seinen Träumereien zu erwachen schien. Eine leise Drehung seines Schildkrötenhalses genügte, und die beiden traten augenblicklich auf den Flur hinaus.

Als Erstes schnalzte er mit der Zunge, dann fing er an zu sprechen. Seine Stimme war sanft und hatte einen warmen, fleischigen Klang. Er war offensichtlich bemüht, die passenden Worte zu finden: »Ich hoffe, die beiden haben sich gut benommen. Die Tür war offen, als wir ankamen, und wir haben uns gewundert, dass Sie nicht an Ihrem Platz sind. Deshalb habe ich mir erlaubt, die zwei nach oben zu schicken und Sie zu suchen. Ich habe ihnen ausdrücklich verboten, Gewalt anzuwenden.«

Der Detektiv nickte und legte ein Blatt Papier auf den Tisch. »Wenn es Ihnen recht ist, fangen wir gleich an. Ich habe eine Menge zu tun.«

Der andere lächelte sarkastisch. Sein Gebiss war fast ein bisschen zu perfekt, um echt zu sein. »Tja, so ist das, solange man lebt, hat man ständig zu tun.« Sein Lächeln verschwand, und seine Stimme nahm einen dunklen, drängenden Ton an. »Ein Mädchen ist verschwunden. Ich bin auf der Suche nach ihr.«

»Name, Alter, Aussehen? In welcher Beziehung stehen Sie zu der Verschwundenen?«

»Wir sind verlobt. Sie heißt Pandora und kommt aus Italien. Ich weiß, dass sie irgendwo hier im Viertel ist.«

Julio Cabria hörte auf zu schreiben. Viel mehr würde nicht zu erfahren sein, da war er sich sicher. »Haben Sie ein Foto?«

»Es gibt keins. Und bevor Sie gleich weiterfragen: Ich erinnere mich nicht mehr, wie sie aussieht, wir haben uns bloß ein paarmal gesehen und immer nur in schlecht beleuchteten Räumen. Ich weiß nichts über sie, sie spricht kein Spanisch und ich kein Italienisch. Ich nehme an, sie ist hübsch, aber das ist bekanntlich Geschmackssache. Sicher ist nur, dass sie irgendwo hier im Viertel ist.«

»Ist sie jung, oder ist das auch Geschmackssache?«

»Machen Sie sich nicht über mich lustig. So ungenau meine Beschreibung ist, so sicher ist die Tatsache, dass sie sich hier irgendwo aufhält, und zwar noch eine ganze Weile. Wenn es so einfach wäre, sie zu finden, hätte ich mich wohl kaum an einen Detektiv gewandt.«

Cabria zündete sich eine Ducados an. Als er ausatmete, versuchte er, mit dem Rauch ein Fragezeichen in die Luft zu schreiben. »Und mit wem habe ich das Vergnügen?«

»Andrés Escribano Antúnez. In der Gegend um die Plaza Cascorro kennt man mich seit jeher unter dem Namen Botines.«

Einer mit Spitznamen Schnürstiefel war Cabria noch nie untergekommen. Er würde zu gegebener Zeit ein paar Erkundigungen einziehen.

»Sobald Sie sie gefunden haben, brauchen Sie mir bloß zu sagen, wo sie ist.«

»Sonst noch etwas? Parfüm, Unterwäsche? Wie klingt ihre Stimme?«

Cabria meinte es ernst, doch sein neuer Kunde fasste es nicht so auf. Er schnaubte und seine Augen funkelten böse. »Eines sollten Sie sich noch aufschreiben. Wahrscheinlich hat sie an irgendeiner Stelle ihres Körpers eine mehrstellige Zahl tätowiert. Aber Vorsicht! Vor Ihnen haben sich schon drei Leute auf die Suche nach ihr gemacht, mein persönlicher Sekretär und zwei meiner Mitarbeiter. Sie werden davon gehört haben, die Sache ist jetzt ungefähr drei Monate her.«

Cabria erinnerte sich an die Geschichte. Dem einen hatte man sämtliche Finger und Zehen abgeschnitten und an einer anderen Stelle seines Körpers untergebracht. Die beiden anderen wurden eine Woche später in einem Keller in der Calle

Mesón de Paredes aufgefunden. Einer war offensichtlich gefoltert worden, der andere, der mehr Glück gehabt hatte, war einem Herzstillstand erlegen – wahrscheinlich während er mit ansehen musste, was mit seinem Gefährten passierte. An allen Kneipentheken im Viertel hatte man ausgiebig über die Sache diskutiert und sich dabei die üblichen Tapas in den Mund geschoben: in Scheiben geschnittene Hühnerleber und geschmortes Gekröse.

»Wer Pandora findet, taucht erst als toter Mann wieder auf. Und ganz bestimmt mit ein paar Gliedmaßen weniger.« Botines versagte die Stimme. Seine Hände umklammerten so fest den Knauf des Spazierstocks, dass seine knotigen Knöchel knackten. Dann sank er in den Stuhl zurück, um sich sogleich wieder aufzurichten, die Adleraugen auf den Detektiv geheftet.

»Jetzt ist Ihnen sicherlich klar, warum mir so viel an der Sache liegt. Ich muss wissen, was Pandora mit diesen Todesfällen zu tun hat. Mit was für einem blutrünstigen Kerl muss sie unter einer Decke stecken, um drei menschliche Wesen auf diese Weise aus der Welt zu schaffen?«

Andrés Escribano Antúnez stand auf. Ohne die Absätze seiner blank geputzten Schnürstiefel wäre er keine eins fünfzig groß gewesen. Allerdings steckte eine gehörige Portion Macht, Eleganz und Abschreckungsvermögen in diesen eineinhalb Metern.

»Die Polizei hat kaum was unternommen.« Botines seufzte. »Denen bin ich nichts schuldig. Ich bin zu Ihnen gekommen, weil Sie schon immer hier gearbeitet haben. Behauptet wenigstens Ihr Portier. Außerdem habe ich gehört, dass Sie gerade beim Poker verloren haben – alles, was Sie besitzen, und noch eine ganze Menge mehr.«

Julio Cabria schloss die Augen und sah die drei Asse (Pik, Karo und Kreuz) und zwei Damen (Kreuz und Karo) vor sich – in seinen Händen, die, wie sein Herz, nach geschlagenen zweiundzwanzig Stunden nahezu ununterbrochenen Spiels mit ihrer Last kaum mehr fertig wurden. Im Schein des einsam über dem Tisch leuchtenden Zyklopenauges, durch das auch Gott und der Gottseibeiuns zusahen, erhöhte Cenizo unaufhörlich seinen Einsatz, bis die Marquesita das Bluffen aufgab und auch alle anderen ausstiegen – außer Cabria, dessen Scheckheft in der unerträglichen Hitze der Spielhölle des Hostal in der Calle Atocha kurz davor stand, gemeinsam mit der Nacht sein Leben auszuhauchen. Schließlich hieß es Karten aufdecken, doch wer geglaubt hatte, ihm werde sich die große Schatztruhe auftun, musste mit ansehen, wie sich stattdessen knarrend ein Sargdeckel hob und grinsend Cenizos vier apokalyptische Reiter hervorkamen: Herz-König, Pik-König, Kreuz-König, Karo-König, begleitet von ihrem Hofnarren, einer jämmerlichen Pik Zwei, die ihm den gestreckten Finger zeigte.

Als Cabria die Augen wieder aufschlug, stand Botines' verschwommene Gestalt schon an der Tür. »Ich zahle Ihnen hundert Euro pro Tag, egal, wie lange Sie brauchen. Aber, verzeihen Sie meine Offenheit, nur in Raten, sonst verspielen Sie alles auf einmal. Sobald Sie Pandora gefunden haben, gibt es dreißigtausend auf die Hand. Damit können Sie dann machen, was Sie wollen. Gleich kommt Segundo noch mal und gibt Ihnen die erste Rate. Viel Glück! Und tun Sie was für Ihre Gesundheit! Wenn Sie einen Tapetenwechsel brauchen, gehen Sie lieber in den Retiro-Park.«

Julio Cabria erwiderte nichts. Er war mit der Wette beschäftigt, die er soeben gegen sich selbst abgeschlossen hatte:

Hundert Euro, dass der, der gleich reinkommt, dieser Segundo, der Schrank mit den Glupschaugen ist.

Er musste sich eine volle Minute gedulden, bis langsam die Tür aufging und, wie erwartet, der Hüne das düstere Büro betrat, der heilige Chrysostomus von der Dachterrasse, der Mann mit dem Goldmund und den vielen so überzeugenden wie wirkungslosen Argumenten. In seinen übergroßen Händen trug er ein winziges Päckchen, das er behutsam auf dem Tisch absetzte. Dann machte er kehrt, aber bevor er die Tür hinter sich schloss, drehte er sich noch einmal um und sagte mit seiner traurigen Riesenstimme vorwurfsvoll zu Cabria: »Also wirklich, sich umbringen – wer kommt denn auf so was? Da muss man schon sehr fertig sein ...«

Um sieben stieg Julio Cabria die zwei Stockwerke hinunter, die ihn immer noch von der Straße trennten. Unterwegs vernahm er die üblichen Streitereien, das Lachen, Schimpfen und Schreien in ihm unbekannten Sprachen, und als er an der Tür der Pension Luz de María vorbeikam, verkündete dort ein Schild, dass bereits alles besetzt sei.

Als er auf die Straße trat, sah er seinen eigenen Körper zerschmettert auf dem Gehweg liegen, der Bauch platt gedrückt in einer noch warmen Blutlache, eine Hand um ein Päckchen Ducados gekrallt, im wirren Haar Glassplitter von seinen Brillengläsern und die Gliedmaßen zu einem grotesken Tanz verdreht. Noch schlimmer waren allerdings die Leute, die ihn entsetzt anstarrten, zugleich aber zufrieden schienen, etwas erlebt zu haben, wovon sie beim Abendessen erzählen konnten. Innerlich segnete er den heiligen Chrysostomus und die hundert Riesen, die ihm die Hosentasche wärmten.

Von dem Anblick war ihm schwindlig geworden, weshalb

er die Dunkelheit der drei Schritte weiter gelegenen Bar El Portón aufsuchte und sich einen Gin Tonic bestellte, den César, groß, schlank, dunkler Typ, mit siebenunddreißigjähriger Erfahrung in der Kunst des Überlebens, für ihn zubereitete, so wie er es am liebsten hatte: mit viel Eis und dazu einem Schälchen Mandeln.

»Salve, Julius.«

»Salve. Hast du die Zeitung da?«

César brachte ihm gleich drei Blätter, darunter zwei Sportzeitungen. Julio musste unbedingt zu seinem gewohnten Rhythmus zurückfinden. Das ging am besten, indem er tat, was er sonst auch immer zu tun pflegte: sich an einem Tisch niederlassen und ein Sudoku oder ein Kreuzworträtsel lösen, die Filmkritiken lesen und sich vergewissern, dass kein Spieler der ersten Mannschaft von Real Madrid irgendwelche körperlichen Beschwerden hatte, die seine Aufstellung am nächsten Ligaspieltag gefährden könnten. Nachdem er in dieser Hinsicht beruhigt und auch sonst alles wie immer war, warf er einen Blick auf die Uhr und wandte sich dann an César, der Gläser abtrocknete und dabei so tat, als hörte er nicht, was sich die an der Theke sitzenden Gäste zu erzählen hatten.

»Was läuft denn zurzeit im Ideal?«

César beugte sich vor, bis seine Lippen fast Julios Ohr berührten. Im Portón musste ein Kellner mehr als alle anderen ein Vorbild an Diskretion abgeben, mochte das, wovon die Rede war, auch noch so harmlos sein. Mit dem vieldeutigen Begriff »Information« wurden hier alle nur denkbaren sprachlichen Aktivitäten verknüpft: nach Informationen suchen, Informationen kaufen, verkaufen, dafür bezahlen, mit anderen Informationen in Zusammenhang bringen, sich Informationen gewaltsam verschaffen, dafür töten, Informationen verbreiten, verfälschen, damit handeln, Informationen erbetteln, erhalten, vorfinden, ausarbeiten, bekannt geben, ergänzen, beschönigen, abgleichen, teilen, aufschnappen, aus der Welt schaffen, aufbauschen, für sich behalten, unterdrücken, wieder freigeben, versteigern, verstecken, verfolgen, austauschen, vortäuschen, angeblich besitzen – was jemand, der die Regeln dieses Wie-du-mir-so-ich-dir-Spiels fast zwanzig Jahre lang in dieser Höhle hatte kennenlernen dürfen, nur zu genau wusste.

»Ein spanischer Film, zum Beispiel«, sagte César leise. »Der Regisseur ist einer von denen, die am liebsten mit zig Hauptfiguren arbeiten, und alles mit viel Gefühl … Was für uns, würde ich sagen.«

»Okay, den sehe ich mir an.«

»Beeil dich, um Viertel nach acht gehts los.«

Als Julio Cabria das Kino betrat, fing der Film gerade an. Zehn Minuten später machten sich die Bilder vor seinen Augen aus dem Staub, und die Lautsprecher verstummten. Dafür erschien jetzt Schnürstiefel Botines auf der Leinwand, kam lächelnd von rechts anspaziert, blieb in der Mitte stehen, war zunächst im Dreiviertel-, dann im Halbprofil und schließlich in Frontalansicht zu sehen, drehte seinen Spazierstock am Knauf hin und her, wahrscheinlich lügt er, plötzlich hörte man seine Stimme im ganzen Saal, wir sind verlobt, sie heißt Pandora, den Stock hielt er mit der Rechten, das Problem ist, dass man nicht weiß, ob er nicht doch mal die Wahrheit sagt, den Augenblick darf man nicht verpassen, Botines verschränkte die Hände, an denen kein Ring zu sehen war, dafür aber umso deutlicher die beginnende Arthrose, auf einmal hielt er den Stock mit der Linken, die Polizei hat kaum was unternommen, jetzt wechselte der Stock von einer Hand zur anderen, wirklich schwer zu sagen, jetzt sah man seine Finger, die auf den Knauf tippten, ich will unbedingt wissen, was Pandora mit diesen Todesfällen zu tun hat, unversehens aus dem Off – »heute zu Gast« – Césars Stimme: Bei manchen Spielern braucht man bloß zu sehen, wie sie die Karten halten, um zu wissen, was für ein Blatt sie haben, trotzdem muss man abwarten, bis sie ein paarmal ausgespielt haben, um wirklich hinter ihre Tricks zu kommen, mit Botines hast du bis jetzt aber bloß eine Partie gespielt, und die war irgendwie komisch, irgendwas stimmte da nicht, dafür habe ich hundert Mäuse eingestrichen, erwiderte Julio, ebenfalls aus dem Off, aber wer sie findet, der verschwindet, jedenfalls taucht er bestimmt nicht mit allen Gliedmaßen am Leib wieder auf, warf Botines ein und lachte laut über seine Bemerkung, dann wurde es auf der Leinwand schwarz, Botines verstummte, dafür war nun eine Frauenstimme zu hören, ein paar mit italienischem Akzent hingehauchte Sätze, langsam wurde es auf der Leinwand wieder hell, der Umriss einer Frau wurde sichtbar, aus der Tiefe des Bildes kam sie langsam auf den Betrachter zu, sie trug ein schwarzes Kleid, rote Schuhe mit hohem Absatz, das Gesicht mit einem blutigen Verband, Zeitungspapier und Algen umwickelt, dann erschien plötzlich dort, wo über dem grandiosen Torso der Kopf gewesen war, eine Pfanne, ein Spiegel, in dem das erschrockene Gesicht des Detektivs zu sehen war, und zuletzt ein riesiges weißes Straußenei, dazu italienische Hintergrundsmusik, jemand sang auf Französisch *Venecia sin ti,* Abspann, Danksagung.

Julio Cabria wachte auf und verließ den Saal, bevor die Lichter angingen. Draußen war es dunkel geworden. Als er die Calle Doctor Cortezo überquerte, um in einem türkischen Imbiss etwas zu sich zu nehmen, glaubte er, vor dem Eingang zu dem Haus, in dem sein Büro war, immer noch seinen Körper auf dem Gehweg liegen zu sehen. Sein Abendessen bestand aus zwei Döner Kebabs und zwei Gläsern Bier. Anschließend ging er durch die Calle de la Concepción Jerónima zur Cava Baja. Vor dem ersten Hauseingang linker Hand blieb er stehen. Er holte den Schlüsselbund aus der Tasche und hatte schon vor Augen, wie er gleich drei Stockwerke höher duschen, Sockenpaare zusammensuchen und anschließend eigenhändig leere Konservendosen und alte Zeitungen vom Boden aufsammeln und mehrere blaue und gelbe Mülltüten damit füllen würde.

Doch da fiel ihm etwas Besseres ein, und seine Wohnung sah ihn erst morgens um sechs zur Tür hereinkommen, mit einer ordentlichen Portion Churros im Magen und weiteren zweihundert Euro in der Tasche, die er in einer illegalen Spielhölle, in der sich alle Männer ähnelten und keine Frau herumlief, die auf den Namen Pandora hörte, auf ehrliche Weise beim Black Jack gewonnen hatte.

»… Irgendwann musste sich ja einer mit dem Schlüsselschwert aus dem Staub erheben, Genossen.«

Wie schwarze Banner, die sich träge im Wind bewegen, treiben die Worte durch den Rauch, und die Zuhörer scheinen zustimmend zu nicken. Vielleicht geht das aber auch schon seit Stunden so, dass sie im Halbdunkel dasitzen und sanft mit den Köpfen wackeln.

»Sollen wir uns etwa einschüchtern lassen? Sollen wir nicht tun, was wir tun müssen?«

Der Redner, der auf Zehenspitzen durch den Raum wandert, bleibt stehen, zündet ein Streichholz an und hält es an seine Pfeife. Ein schwacher orangefarbener Schimmer erhellt sein Gesicht, in dem für einen Moment zwei schwarzviolette Pupillen und die Lippen zu erkennen sind, zwischen denen das Mundstück der Pfeife steckt. Er stellt die Frage jetzt schon zum vierten Mal, aber diesmal wird er eine Antwort erhalten, da ist er sich sicher. Plötzlich ist seine Stimme frei von aller Geheimnistuerei.

»Kennt ihr die Geschichte von Asterix und Obelix?«

Kichern, aber auch leiser Protest. Was soll das denn jetzt? Ein Hüsteln, ein paar genüssliche Züge an verschiedenen Zigaretten, jemand streckt sich. Aber das Kichern erstirbt wieder. Der Genosse meint es tatsächlich ernst, und wenn er etwas Ernstes zu sagen hat, muss es still sein.

»Das kleine gallische Dorf. Die Geschichte kennt ihr doch, oder?«

Verlegene Zustimmung, Stirnrunzeln. Der Genosse war schon

immer ein bisschen seltsam, aber seit einiger Zeit scheint er tatsächlich durchzudrehen. Na klar kennen wir die Geschichte: Die Römer werden mit den Bewohnern nicht fertig, da gibt es diesen Dicken mit den Zöpfen und den Kleinen, der ständig Prügel austeilt, und den Hund und den unerträglichen Barden.

Der Redner steht inzwischen am Fenster. Von der Plaza dringt ein leises Summen in den Raum, dazu gelblicher Laternenschein und die Geräusche der Autos und Passanten. Die am Boden Sitzenden warten darauf, dass der Redner, der sich ihnen jetzt im Profil zeigt, immer noch die Pfeife im Mund, sein Rätsel erklärt.

»Ihr dürft den Druiden nicht vergessen, Miraculix.«

Leicht fassungsloses Aufstöhnen, die Enttäuschung ist nicht zu überhören. Heute treibt er es wirklich zu weit, das kann doch nicht wahr sein. Er soll endlich sagen, was er zu sagen hat, und dann gehen wir was trinken. Andere zischen ärgerlich: Mann, ey, lasst ihn ausreden!

Der glühende Punkt im Pfeifenkopf sinkt hinab bis auf Kniehöhe. Die Silhouette hat sich den Zuhörern zugewandt, jetzt ist sie eingerahmt vom schimmernden Rechteck des Fensters, reglos.

»Unsere Organisation hat sich lange genug versteckt. Höchste Zeit, dass wir uns wieder zeigen, und zwar so, wie wir sind: makellos, frei von Korruption. Wir müssen die Aufgabe erfüllen, die das Schicksal uns zugewiesen hat: die Befreiung der Arbeiterschaft.«

Dagegen hat niemand etwas einzuwenden, erst recht nicht, wenn es so nachdrücklich und überzeugt ausgesprochen wird. Zustimmendes Gemurmel ringsum. Die roten Punkte der Zigaretten tanzen auf und ab.

»Der Kapitalismus bedient sich weiterhin der einzigen Spra-

che, die er versteht: Gewalt. Diese Gewalt findet ihren konkreten Ausdruck in der Zeit, die messbar gemacht und in Ware verwandelt wird. Das war schon immer so, aber bereits morgen kann sich das ändern. Die vom Ende der Geschichte reden, schreien lauter denn je: ›Sieg! Wir haben gewonnen!‹ Sie halten sich für unverwundbar und ewig. Das sind sie aber nicht. Sie sind nicht ewig. Und sie sind verwundbar.«

Die Köpfe nicken, die Blicke suchen einander, für wenige Sekunden brandet in dem verqualmten Raum sogar Beifall auf. Jemand macht das Licht an, es flackert und lässt an den Haaren, die die überrascht und zufrieden dreinblickenden Gesichter umgeben, graue und weiße Stellen sichtbar werden. Mit leisem Stöhnen erheben sich die Körper vom Boden, klopfen sich auf die Oberschenkel und streben zögernd der Tür entgegen, auf dem Weg zur nächsten Bar oder zum Eingang der U-Bahn.

Der Redner bleibt am Fenster stehen und sieht jetzt wieder auf den Platz hinaus, während die Stimmen im Treppenhaus verhallen und die Pfeife ausgeht.

Das mit Asterix und Obelix ist ernst gemeint, Genossen, ihr werdet schon sehen.

3

Julio Cabria stand gerade rechtzeitig auf, um die Mittagsnachrichten im Radio nicht zu versäumen. Er zündete sich eine Zigarette an und trank drei Tassen heißen, starken Kaffee. Bevor er unter die Dusche ging, schickte er seinem Bruder eine SMS. »Heute um fünf«, lautete die Antwort, die eintraf, als er bereits in seinem grauen Mantel und den Turnschuhen an der Tür stand. Er drehte um, ging zu dem Regal mit der Lyrik aus dem 18. Jahrhundert und tastete hinter einer der Buchreihen, bis seine Finger eine kleine Plastiktüte zu fassen bekamen, die er sich in die Hemdtasche steckte.

Am Kiosk kaufte er die Zeitung und beschloss, ins Perlora essen zu gehen, ein unscheinbares asturianisches Restaurant in der Calle Magdalena, dessen Ambiente mit Ausnahme der Wildschweinköpfe, die wie behaarte Wasserspeier über den hübsch gedeckten Tischen thronten, jedes Mal eine sehr beruhigende Wirkung auf ihn hatte. Er aß ein tadelloses Rinderfilet mit Bratkartoffeln und dazu einen Salat, rauchte anschließend eine Zigarre und löste dabei ein Kreuzworträtsel. Danach blieb noch Zeit für einen kleinen Spaziergang am Paseo de Recoletos.

Es war ein heller, frischer Samstag, der Himmel so klar und schön, dass es in den Augen fast wehtat. An der Glorieta de Atocha warteten picklige Jugendliche, denen offensichtlich noch jede Menge Enttäuschungen bevorstanden, in einer langen Schlange vor dem Eingang einer Diskothek, die noch gar nicht geöffnet hatte. Die Jungen wild und schmächtig, in viel zu großen Hemden und Stiefeln, die Mädchen herausfordernd und fröhlich, mit kurzen Röcken und langen Wimpern. Cabria kamen Paare mit Kindern entgegen, die unterwegs zum Retiro waren, Rentner, die schon ihr Transistorradio bereithielten, um die Samstagsspiele der Liga mitzuverfolgen, Jogger und Touristen, die sich nach dem Weg zum Reina-Sofía-Museum erkundigten. Der Detektiv ging die steile Calle Atocha hinauf und zählte die Schritte, keinen zu viel und keinen zu wenig, bis zur Plaza de Antón Martín.

Um Punkt fünf betrat er das nach Kerzen und Weihrauch duftende Haus des Herrn. Er bekreuzigte sich sorgfältig und blickte nach links zum Beichtstuhl, der etwas von einem unheimlichen Spielzeughäuschen hatte. Sein Bruder erwartete ihn sicher schon.

»*Ave Maria purissima.*«

»*Sine peccato concepta,* Bruder.«

Seit zwanzig Jahren bereits liefen alle ihre Treffen gleich ab: immer der gleiche matte Goldschimmer, das verschwommene Gesicht hinter dem hölzernen Gitter, ihre flüsternden Stimmen. Und nach der formelhaften Begrüßung jedes Mal das gleiche dichte Schweigen, das die Umarmung ersetzte. Anschließend begannen sie beide fast gleichzeitig leise zu schluchzen, bis das Ritual – das keiner von ihnen jemals festgelegt hatte, es hatte sich wie von selbst so herausgebildet – durch erneutes Schweigen fortgesetzt wurde.

Von der anderen Seite des Gitters ließ sich jetzt eine warme, ein wenig drängende Stimme vernehmen.

»Mein Bruder, was kann ich für dich tun, womit kann ich dir helfen?«

Cabria bemühte sich, leise und doch ganz klar und deutlich zu sprechen, fast buchstabierte er Wort für Wort: »Ich habe einen Auftrag. Ich brauche die Zeitungen von Dienstag, dem 27. Juni, bis einschließlich gestern, wenn sich das machen lässt. ›Vermischtes‹, wie immer. Mein Auftraggeber ist ein gewisser Botines, Andrés Escribano Antúnez. Er zahlt gut. Aber er hat mich angelogen, in welchem Punkt, weiß ich noch nicht genau. Außerdem suche ich eine Frau, sie heißt Pandora und kommt aus Italien. Sie lebt hier im Viertel.«

Irgendwo in der Kirche ließ jemand einen Metallgegenstand zu Boden fallen, das Scheppern hallte von den Wänden wider. Dann hörte man die erstickte Stimme einer Frau und ein weinendes Kind. Schließlich trat wieder Stille ein.

»Natürlich, Julio. Bruder, hast du …«

Da begann Cabria ohne jede weitere Gefühlsregung, geschweige denn ein schlechtes Gewissen, in den Manteltaschen zu kramen, bis ihm einfiel, dass das Plastiktütchen in der Brusttasche seines Hemds steckte. Er zog es heraus und schob es vorsichtig durch eine der kleinen rautenförmigen Gitteröffnungen vor ihm, bis er zu hören glaubte, wie das Päckchen auf der anderen Seite im schwarzen Schoß einer Soutane landete.

»Auch ich bin nur ein armer Sünder, Bruder.«

Die Stimme wurde brüchig, kaum noch zu hören, unerträglich.

»Stimmt doch, Bruder, auch ich bin nur ein armer Sünder, oder?«

Das Ritual war beendet. Julio Cabria legte eine flache Hand an das Gitter und spürte die warme Berührung mehrerer Fingerspitzen.

Als er aus der Kirche trat, war es halb sechs, für so gut wie alles viel zu früh. Auf einer der steinernen Eingangsstufen zündete er sich eine Zigarette an und spürte auf einmal eine sehr konkrete, genau messbare Müdigkeit: Jahrhunderte, Tonnen, Kubikmeter von Erschöpfung. Er ging zur Doré-Passage und kaufte sich eine Eintrittskarte für die Filmoteca Española. Dann setzte er sich in die letzte Reihe des fast leeren Vorführraums und schlummerte sanft ein, noch bevor die Vorstellung überhaupt begonnen hatte.

Mit meisterlichem Geschick wanderte der Zahnstocher von einem Mundwinkel zum anderen. Wie César feststellen konnte, während er hinter seiner Theke so tat, als ginge er völlig darin auf, die Flaschen aus dem Regal über ihm auf Hochglanz zu polieren, blieb der Zahnstocher alle fünf Minuten auf halbem Wege stehen, vollzog, von der Zungenspitze sanft angestoßen, eine 360-Grad-Wende in vertikaler Richtung, um, kaum hatte er wieder die Horizontale eingenommen, sein mechanisches Hin und Her fortzusetzen, das, wie César ebenfalls bemerkte, sich geschmeidig dem Rhythmus der Musik anpasste, die im Portón für Stimmung sorgen sollte – in diesem Augenblick, um halb vier Uhr am Nachmittag, war das *Killing me softly*.

Wenn César etwas aus der Fassung bringen konnte, dann ein Polizist, der sich seelenruhig gab, was viel schlimmer war als einer, der nervös auf seinem Barhocker herumrutschte. Und der, mit dem er es diesmal zu tun hatte, war seit geschlagenen zwei Stunden damit beschäftigt, sein Zahnstocherspielchen zu spielen und auf irgendwelchen Zetteln herumzukritzeln, ohne ein einziges Mal aufzublicken, geschweige denn seinen Allerwertesten in Bewegung zu setzen und zu verschwinden. Dass er ansonsten während der ganzen Zeit nichts anderes als Tomatensaft zu sich genommen und starr vor sich hingelächelt hatte, trug auch nicht unbedingt zu Césars Beruhigung bei. Die wenigen Kunden, die zur Tür hereinkamen und sahen, was vor sich ging, machten auf dem Absatz kehrt und zogen es vor, mal wieder bei der Fußpflege vorbeizuschauen, vielleicht war dort ja gerade ein Termin frei; und wer nicht aufgepasst und trotzdem die Bar betreten hatte, spürte schon bald, welche Grabesstimmung dort herrschte, und schlich sich nach kurzer Zeit wieder davon.

Um zwanzig nach vier befanden sich bloß noch zwei Menschen im Portón, und da begriff César, dass seine Stunde geschlagen hatte.

»Zahlen, bitte!«

»Geht aufs Haus, Herr Meléndez.«

Der Mann sah dem Kellner direkt in die Augen, und sein Mund verzog sich zu einem breiten Lächeln. Im gleichen Moment begann er, zum Rhythmus des Cha-Cha-Cha, der gerade lief, leise vor sich hin zu singen. Den Text zur Melodie dichtete er aus dem Stegreif.

»Cesario – Italienerlein? Cesarito – Italienerlein? Hier im Viertel – Italienerlein? Sag doch, los, komm, sag doch mal ...«

Meléndez war bekannt für seine Bösartigkeit, dafür hatte er selbst gesorgt, aber das übertraf die schlimmsten Erwartungen des Kellners. Wenn Meléndez etwas von ihm wissen wollte, konnte er ihn danach fragen wie ein normaler Mensch, dafür brauchte er nicht so eine lächerliche Nummer abzuziehen. Hatte er keinen Respekt vor der Dienstmarke in seiner Jackentasche, vor seinem Beruf oder wenigstens vor dem, der vor ihm stand?

Der Polizist trällerte ungerührt seinen Ohrwurm weiter, in dieser Fassung hatte das Lied das Zeug zum Sommerhit.

»Mach keinen Quatsch, Cesariolein! Bloß keinen Quatsch,

Cesariolein! Hier im Viertel – Italienerlein? Sag doch, los, komm, sag doch mal ...«

Wie gesagt, hätte Meléndez vernünftig zum Ausdruck gebracht, was er genau wissen wollte, hätte César sich womöglich die Mühe gemacht, darüber nachzudenken, ob in seiner Kneipe in der letzten Zeit irgendetwas zu hören gewesen war, was auch nur entfernt mit Italien und seiner großen Kultur zu tun hatte. Meléndez jedoch war aufgestanden und hatte, immerzu singend, die langen Arme über die Theke gestreckt und sich zwei frisch polierte Wodkaflaschen gegriffen, die er nun um den Hals gefasst hielt, um damit bald auf den riesigen Spiegel – den ganzen Stolz des Barbesitzers – oder auf diesen selbst zu zielen, der käsebleich geworden war, obgleich er sich bemühte, sich sein Entsetzen nicht anmerken zu lassen.

Meléndez' Refrain lautete inzwischen »Iiiich werd noch ganz verrückt«, was César wahrscheinlich ganz richtig als letzte Warnung auffasste. In rasendem Tempo lösten daraufhin in seinem Gedächtnis Leute, Sätze, ganze Szenen einander ab, alles, was im sorgenreichen Alltag des Portón eben so vorkam, aber nichts davon schien ihm auch nur im Geringsten Italienisch. Meléndez sang derweil immer schneller, der Text war aber vor allem deshalb nicht mehr zu verstehen, weil der Polizist jetzt die Kiefer aufeinanderpresste und mit weit geöffneten, fiebrig glänzenden Augen auf seine zwei stummen Maracas starrte, die buchstäblich glasklar zu verstehen gaben, dass sie sich von ganzer Seele nichts anderes wünschten, als sich umgehend in Wurfgeschosse zu verwandeln.

César kümmerte sich da allerdings schon nicht mehr um den seltsamen Antonio-Machín-Wiedergänger, war er selbst doch längst viel zu tief in einer Dezembernacht des Vorjahres versunken, in der es im Portón rappelvoll und zugequalmt gewesen war und er mit den Bestellungen schier nicht hinterherkam. Und doch hatte er damals eine Bemerkung aufgeschnappt, in der ein exotisch klingender Mädchenname und dazu die Worte »Napoli« und »Puzuolo« – oder so ähnlich – auftauchten. Bis das Bild des dazugehörigen Sprechers auf einmal wie durch göttliche Gnade in aller Deutlichkeit vor seinem inneren Auge erschien.

Meléndez las dem Kellner den Fund sogleich an den Augen ab und unterbrach seinen absurden Tanz. Er stellte die Flaschen auf die Theke und sah César erwartungsvoll an.

Der erwiderte den Blick des Polizisten und verzog das Gesicht zu einer Art Lächeln, wobei ihm zwei ängstlich aufblitzende Schweißperlen zitternd die Schläfen hinabrannen. Zuletzt zog er ein Blatt Papier hervor und schrieb etwas darauf. Meléndez biss sich auf die Lippen, er konnte es kaum erwarten, den Zettel in die Hand zu nehmen und vorzulesen, was darauf stand.

»Dreimal Tomatensaft, neun Euro.«

Er hob den Blick. Der Kellner hatte sich jedoch längst der Kaffeemaschine zugewandt und wienerte daran herum, als wäre sie nicht schon blitzblank poliert.

Der Polizist spuckte den Zahnstocher aus, legte das Geld auf die Theke und ging grußlos hinaus.

4

Erholt, angeregt, fast heiter kam Cabria aus der Kinemathek. Ein leichter, lauwarmer Wind blies durch die Straßen. In einer nahe gelegenen Bar trank er ein Glas Albariño, vor acht Uhr wollte er nicht im Büro sein. Als er durch die Calle del Olmo ging, klingelte sein Handy. An der Nummer auf dem Display erkannte er, dass es seine Frau war. Sofort begrub er den Apparat wieder in der Tiefe seiner geräumigen Manteltasche. Erst zehn Minuten später, als er schon an seinem Schreibtisch saß, verstummte der Klingelton.

Pünktlich um acht hämmerte es an der Tür.

»Parole?«, rief der Detektiv.

Die Verwirrung, die Cabria damit bei seinem Besucher auslöste, konnte er förmlich spüren. Er erbarmte sich seiner. »Komm rein, Chrysostomus.«

»Ich bins, Segundo«, erwiderte dieser mit seiner bekümmerten Menschenfresserstimme.

Traurig knarzend öffnete sich die Tür, und Cabria erblickte Segundo, der eintrat und einen Umschlag und ein Buch auf seinen Schreibtisch legte.

»Was ist das denn?«

»Ihr Geld für heute.«

»Das Buch da, meine ich.«

Segundo zögerte. Eine leise Röte überzog das massige Gesicht oberhalb des Rollkragenpullovers. »*Hundert Gründe, weshalb sich das Leben lohnt*. Ein Selbsthilfebuch. Mir hats jedenfalls geholfen.«

Fast hätte Julio Cabria zum ersten Mal seit langer Zeit laut gelacht, aber er wusste die Anteilnahme und das Bemühen des anderen durchaus zu würdigen.

»Danke. Warum hast du nicht unten geklingelt? Als ob dieses Haus keinen automatischen Türöffner hätte ...«

»Ich muss doch jetzt jeden Tag hier rein, da habe ich mich lieber gleich an den richtigen Türöffner gehalten. Ich hab dem Hausmeister gesagt, er soll mir einen Hausschlüssel überlassen.«

»Und das hat er gemacht?«

Segundos Stimme und seinem einfältigen Lächeln war anzumerken, wie stolz er darauf war. »Was für eine Frage ...«, sagte er, ging hinaus und zog sanft die Tür hinter sich zu.

Cabria blätterte eine Weile in dem Buch, steckte es dann in eine Schreibtischschublade und vertrieb sich anschließend die Zeit damit, das Geld aus dem Umschlag und das, das er noch in der Tasche hatte, zu zählen. Als er bei zweihundertvierzig angekommen war, klopfte es erneut an der Tür. Er steckte das Geld weg und sah auf die Uhr. Es war halb neun und dazu Samstag, er war mit niemandem sonst verabredet, und dass irgendwelche Nachbarn ausgerechnet ihn um ein wenig Salz baten, war unwahrscheinlich. Auf einmal kam ihm sein schlecht beleuchtetes, spärlich möbliertes Büro unendlich trist und schäbig vor, selbst er hatte Besseres verdient. »Herein«, sagte er und musste daran denken, dass er nicht einmal eine Klingel an der Bürotür hatte. Als die Tür dann auch noch wie zuvor laut knarzte, schloss er gequält die Augen.

Eine Frau betrat das Zimmer. Sie wirkte unsicher und entschuldigte sich sogleich: Eigentlich habe sie vorgehabt, erst am Montag zu kommen, aber als sie gerade unten am Haus vorbeigegangen sei, habe sie Licht gesehen und beschlossen, einen Versuch zu wagen. Sie war um die dreißig, hatte braunes, achtlos zusammengeknotetes Haar, schwarze Augen und zinnoberrote Lippen, die sich leuchtend vom Hintergrund ihres bleichen Gesichts abhoben. Sie trug einen Wollpullover, Jeans und Stiefel mit halbhohen Absätzen. Als sie ihm die Hand gab, spürte der Detektiv ihre sanfte und kalte Haut. Ihre Stimme klang dagegen warm und rau, als sie ihren Namen nannte: »Nadia.«

»Samstags mache ich Überstunden. Bitte, setzen Sie sich doch.«

»Ich weiß nicht – vielleicht sollte ich ja doch besser zur Polizei gehen …«

Sie saß kerzengerade auf der Stuhlkante, im Schoß die Handtasche, die sie mit den Händen umklammerte. Einige widerspenstige Strähnen hatten sich aus dem Knoten gelöst und fielen ihr auf die Schultern und ins Gesicht.

»Seit Januar wohne ich mit einer Italienerin zusammen. Sie heißt Pandora und macht irgendwas mit Fotografie – genau verstanden habe ich sie nicht, sie spricht kaum Spanisch. Wir sind beide ziemlich viel außer Haus, manchmal bekomme ich sie tagelang nicht zu sehen. Aber jetzt ist sie schon seit einem ganzen Monat nicht mehr aufgetaucht.«

Wie immer tat Cabria, als interessierte ihn das, was er erzählt bekam, nicht übermäßig. Umso mehr spitzte er die Ohren. »Wenn Sie wollen, zeige ich Ihnen den Weg zur nächsten Polizeidienststelle.«

»Aber ob ich wirklich eine Vermisstmeldung aufgeben soll? Die Italienerin schickt mir ab und zu E-Mails mit Fotos aus Andalusien, wo sie angeblich zurzeit herumreist. Eigentlich ist alles in Ordnung. Und trotzdem …«

Drei Gründe konnte es für dieses »trotzdem« geben, dachte Cabria: Nadia glaubte nicht, dass die E-Mails tatsächlich von der Italienerin stammten, denn jemand hatte die Italienerin gesehen, aber nicht in Andalusien; die Italienerin war abgereist, ohne ihre Schulden zu bezahlen, oder sie hatte etwas dagelassen, womit Nadia nichts zu tun haben wollte, und Nadia fürchtete, sie werde sich nicht mehr blicken lassen. Cabria hielt den zweiten Grund für am wahrscheinlichsten.

»Gestern habe ich sie jedenfalls, glaube ich, gesehen, hier an der Plaza de Tirso de Molina, am Eingang zur U-Bahn. Das war sie, doch, da bin ich mir ganz sicher.«

Der Detektiv zündete sich eine Zigarette an, nicht ohne zuvor auch Nadia eine anzubieten.

»Aber was versprechen Sie sich davon? Ein Detektiv ist bestimmt teurer als die Miete, die Ihre Italienerin vielleicht nicht bezahlt hat.«

Die Frau ihm gegenüber spielte nervös mit ihrer Zigarette herum. »Ich habe das Zimmer nicht vermietet, weil ich Geld brauche. Ich will nicht alleine wohnen. Dass kein Mensch umsonst arbeitet, ist mir klar. Ich bezahle Sie, weil mir die Sache wichtig ist.«

So richtig überzeugte Cabria das nicht.

»Wie viel nehmen Sie normalerweise für Ihre Arbeit?«

»Wie sieht die Frau aus?«

»Heißt das, Sie nehmen den Fall an?«

»Nein.«

Die Frau wollte schon aufstehen und gehen, aber sie fragte noch: »Warum nicht?« Dafür stand Cabria jetzt auf und hielt ihr die Hand entgegen.

»Ich arbeite nicht als Detektiv, weil ich Geld brauche. Ich

tue es, weil es mir Spaß macht. Und Ihre Geschichte leuchtet mir nicht ein.«

Sie rümpfte die Nase, drückte, ohne den Blick von Cabria zu wenden, ihre Zigarette im Aschenbecher aus, gab dem Detektiv die Hand und verließ das Büro.

Auf dem Weg zur Tür machte sie einen verächtlichen Hüftschwung, oder so kam es Cabria wenigstens vor.

An vielen Stellen kann ein Spieler in Madrid sein Glück versuchen. Wie überall gibt es für jeden Geschmack, jeden Geldbeutel und jede Kreditkarte etwas Passendes – jedem steht es frei, sich auf die ihm angenehmste Art und Weise zu ruinieren. Unterschiede gibt es nur in Bezug auf die eingesetzte Geldmenge. Aber ob man seiner Leidenschaft in einer luxuriösen Villa in der Calle de Arturo Soria nachgeht, in Gesellschaft von Politikern und Unternehmern bei Pokerpartien, bei denen Millionensummen egal welcher Währung den Besitzer wechseln, oder in einer bescheidenen Wohnung, wo sich Schwager, Schwägerin, Schwiegereltern und Nachbarn gemeinsam an einem runden Tisch die Füße wärmen und beim Tute-, Chinchón-, Fünf-kommt-raus- oder Bingospielen eher symbolische Beträge einsetzen: Das eine ist weder anstößiger als das andere, noch hat es mehr Klasse. Gleich bleiben sich dagegen die Gier und die Gewinnsucht, mit denen man zur Sache geht, immer entlang der so unschuldigen wie verhängnisvollen Grenze zwischen verhassten Siegern und hasserfüllten Verlierern.

Seit mehr als zwanzig Jahren lieferte Julio Cabria sich nun schon regelmäßig dem planvollen Zufall aus, und das an allen möglichen oder unmöglichen Örtlichkeiten. Am liebsten waren ihm jedoch bis heute die heimlichen Spielrunden im Hinterzimmer einiger im Stadtzentrum gelegener Hotels und Restaurants, wo es weder besonders viel zu gewinnen noch zu verlieren gab. Je nach Laune verbrachte er dort seine Nächte, oft auch die frühen Morgenstunden, beim Poker, Black Jack, Baccara oder Roulette. Als Schüler war er ein begeisterter und ausdauernder Mus-Spieler gewesen, nach Abschluss seiner Ausbildung hatte er jedoch die dazugehörigen harmlos-schlichten Spielsteine gegen die tödlich bunten Pokerchips eingetauscht.

Viel hatte er noch nie gewonnen, dafür hatte er vor zwei Wochen bei einer Partie mit richtigen Profis etwas mehr als nur Geld verloren und sich außerdem, wie ihm später dämmerte, auf ziemlich anfängerhafte Weise übertölpeln lassen. Das Ganze hatte sich in einem Hostal in der Calle Atocha abgespielt, und weder zeitlich noch was die Höhe der Einsätze anging, waren Grenzen festgesetzt worden. Zur Klientel, die dort verkehrte, gehörten Pfandleiher, passionierte Kiebitze, Leute, die als Unglücksbringer verschrien waren, und mehr oder weniger legendäre Gestalten aus der Welt des Madrider Glückspiels. Jeder Spieler hat irgendwann seinen großen Tag, wie er eines anderen Tages unweigerlich die totale Katastrophe erlebt, zwei Seiten ein und derselben Medaille, auf der, wie man sie auch dreht und wendet, stets die Augen des Jokers aufblitzen, dieses teuflischen Clowns, der nach Lust und Laune über das Schicksal eines jeden Blatts entscheidet. Cabrias fatale Stunde schlug also in seinem fünfzigsten Lebensjahr, und die Katastrophe ließ nichts zu wünschen übrig, war süß, perfekt und einzigartig – einer der kleinen Höhepunkte in der Geschichte der Spielhöllen des nächtlichen Madrid.

Dass er trotzdem immer noch am Leben war und für neuerliche Partien zur Verfügung stand, zeigte sich, wenigstens vorläufig, daran, dass er jetzt mit einem Glas Gin Tonic an einem Pokertisch in einem Separee des am Paseo de Santa María de la Cabeza gelegenen Hotel Álamo saß.

Er hatte den Platz links von einem der Stammgäste eingenommen, mit dem er noch nie am selben Spieltisch gesessen hatte. Die übrigen drei Mitspieler kannte er vom Sehen aus ähnlichen Etablissements, Leute, die durch nichts aus der Ruhe zu bringen waren; selbst wenn im Raum ein Feuer ausgebrochen wäre, wären sie mucksmäuschenstill geblieben. So wurde das Schweigen im Raum nur unterbrochen, wenn die Karten gemischt und ausgegeben wurden oder jemand einen Zug aus seinem Glas nahm und die Eiswürfel klirrend aneinanderstießen.

Bei den ersten beiden Runden passte Cabria, bei der dritten hatte er zwei Buben und setzte, aber niemand zog nach. Schon bald war klar, dass alle am Tisch eher auf Nummer sicher gingen, weswegen er bei der nächsten Spielrunde, obwohl er nach dem Kartentausch bloß drei mickrige Dreier auf der Hand hatte, hundert setzte. Da nahm der Spieler zu seiner Rechten die Zigarre aus dem Mund, atmete tief durch und erhöhte um hundert. Der nächste, ein schüchtern dreinblickender Greis mit kaum hörbarer Stimme, erhöhte seinerseits um fünfzig, Julio dagegen nochmals um zweihundert.

Niemand sagte ein Wort, und der Detektiv beschloss, auch in der nächsten Runde zu setzen, komme, was da wolle. Was kam, war ein völlig unbrauchbares Blatt. Als er jedoch mit Setzen an der Reihe war, spielte er den Denker, nahm sinnierend einen Schluck aus seinem Glas und warf einen langen Blick auf seine Geldscheine. Dann setzte er erneut zweihundert, woraufhin der mit der Zigarre, ein grobschlächtiger

Kerl mit großen Augen und nikotingelbem Bart, um fünfzig erhöhte. Noch bevor er ausgesprochen hatte, legte Cabria dreihundert dazu. Der andere sah seine Mitspieler Hilfe suchend an und brummelte dann in seinen Bart: »Der blufft, aber ich steig trotzdem aus.«

»Heul doch«, hätte Cabria am liebsten erwidert, aber dies war schließlich eine Pokerpartie. Also verkniff er sich den Kommentar, mischte und fing an, die Karten für die sechste Runde auszuteilen. Der mit der Zigarre krempelte derweil seine Ärmel auf und trommelte nervös mit den Fingern auf der Tischplatte.

Als Cabria nach getaner Arbeit einen ersten Blick auf sein Blatt geworfen hatte, beendeten die fünf dicken Perkussionisten ihre kleine Jamsession. An ihrer Stelle war auf einmal ein trockenes, hartes und unangenehmes Klopfen zu vernehmen, hervorgerufen durch die Fingerknöchel, die damit mehrere Münzstapel zum Einsturz brachten.

»Vierhundert«, sagte der für das Klopfen Verantwortliche siegesgewiss und fügte hinzu: »Mal sehen, ob du wieder bluffst.«

Wenn Cabria etwas nicht ausstehen konnte, dann war das, in einer Spielhölle von einem Unbekannten geduzt zu werden.

»Erhöhe um fünfzig«, sagte der ängstliche Greis. Die Übrigen spielten lieber steinerner Gast und warfen ihre Karten in der Mitte des Tisches auf einen Haufen.

»Noch mal fünfhundert«, murmelte der Zigarrenraucher, sah Cabria an und unterstrich seine Worte durch neuerliches Klopfen mit den Fingerknöcheln. Der Greis breitete die Hände aus, richtete den Blick beschwörend zur Decke und stieg aus.

Was solls, sagte sich Cabria, setzte das Glas ab und sagte: »Zweihundert.«

Sein Kontrahent lächelte und gab einen Spruch wie aus dem *Poker-Handbuch für Vollidioten* zum Besten: »Ich könnte noch was drauflegen, aber ich will sehen.«

Cabria legte drei glorreiche Könige vor sich auf den Tisch, der andere seine drei verräterischen Damen, und die Zigarre brach auf Höhe der Bauchbinde.

Anschließend spielten sie noch vier Runden, bei denen keiner größere Gewinne verbuchen konnte. Und bei der nächsten, der insgesamt elften, zog sich einer der Mitspieler zurück, und der mit der Zigarre nutzte die Gelegenheit, um sich »kurz« die Hände zu waschen. Er kam erst eine Viertelstunde später zurück und setzte sich nicht wieder neben Cabria. Wie der Detektiv feststellen konnte, hatte der Mann nicht nur seine Zigarre, sondern auch jegliche Spielfreude in der Toilette entsorgt. Er machte keine Einsätze mehr, wollte weder sehen noch erhöhen noch schieben.

Das Spiel verlor schließlich jeden Schwung, und eine halbe Stunde später traten die verbliebenen Teilnehmer friedlich den Rückzug an, in die Einsamkeit ihrer Pension, zur Gattin, die sie schon unruhig erwartete, oder zur greisen Mama, der sie vor dem Weggehen noch rasch dicke Socken übergestreift und eine Wärmflasche unter die Bettdecke geschoben hatten.

Als Cabria auf die Straße trat, war es kurz vor drei Uhr am Morgen, und es war kalt. Trotzdem hielt ein Auto nach dem anderen in zweiter Reihe, und bei den umliegenden Bierkneipen, der Oben-ohne-Bar Bombay, einer rund um die Uhr geöffneten Apotheke und einem Billardsalon herrschte reges Kommen und Gehen. In Cabrias Hosentasche knisterte wohlig eine noch nicht genauer bestimmte Anzahl von Geldscheinen – vielleicht, sagte er sich, wollte ihm das Schicksal nach dem Tiefschlag, den es ihm neulich verpasst hatte, zum Trost ein wenig die Schultern massieren.

Er ging durch die Calle de las Peñuleas. Aber kurz vor der Einmündung in den Paseo de las Acacias vertrat ihm ein Typ mit schwarzer Lederjacke und brauner Mütze den Weg. Er sagte irgendetwas Unverständliches, und Cabria versuchte, ihm auszuweichen, doch da spürte er schon einen stechenden Schmerz in der Magengrube. Die Luft blieb ihm weg. Es folgten ein Tritt gegen sein rechtes Schienbein – er sah den Fuß wie in Zeitlupe näher kommen und durchlitt den Schmerz schon im Voraus – und gleich danach ein Schlag auf sein linkes Auge – davon sah und spürte er nichts mehr. Umso erleichterter war er dafür, dass ihm die Brille gleich beim ersten Hieb von der Nase gefallen war. Er versuchte sich zu wehren, aber jetzt droschen mehrere Fäuste gleichzeitig auf ihn ein, wie ihn anschließend auch mehrere Hände in das kaum erleuchtete Innere einer gleich nebenan gelegenen Autowerkstatt schleiften. Mit dem Auge, das noch sehen konnte, glaubte er, drei Schläger auszumachen, woraufhin er dem mit der größten Nase mit aller verbliebenen Kraft einen Fausthieb auf ebendiese verpasste. Er hörte, wie es knackte. Während der so Angesprochene in sich zusammenfiel wie so manches Kartenhaus im Leben, umklammerte ein anderer Cabria von hinten. Das war eindeutig zu viel aufgezwungene Nähe für den Detektiv, der sich ohnehin nach vorne beugte, um einen Tritt in den Magen abzufangen. Also nutzte er die Gelegenheit und schlug seinem aufdringlichen Hintermann wie ein rasender Hund die Zähne in den Arm, woraufhin der laut aufjaulend zwei ganze chromatische Tonleitern zum

Besten gab, während Cabria spürte, dass eine lauwarme und bittersüß schmeckende Flüssigkeit seinen Mund erfüllte, was ein ungeheuer befriedigendes Gefühl in ihm aufsteigen ließ.

Er bekam alle möglichen unmissverständlichen Flüche zu hören, indes verschiedene Arten von Schuhen sich bemühten, seine Kiefer dazu zu bewegen, sich zu öffnen. Als ihnen das gelungen war, sank Cabria restlos erschöpft in die Knie. Zu sagen hatte er ohnehin nichts mehr.

Er war wenig erpicht auf einen Abgang à la Madame Butterfly, spürte allerdings, dass die drei Schläger ihm nicht nur immer näher kamen, sondern auch immer schneller um ihn zu kreisen begannen. Offensichtlich war er dabei, das Bewusstsein zu verlieren.

Freizeit: Freiheit unter Auflagen, riesige Einkaufszentren, die dich wahnsinnig machen, Hypotheken, Schulden, die immer gleiche Tristesse, Tag für Tag und Nacht für Nacht (Nacht: ausgesparte, dunkle Zeit, um sich mit neuen Lügen auszustatten), bunte Reklame, Fußball, Stierkampf, Pornografie, delirierender, semiotischer Mahlstrom, kindischer, blumengeschmückter Pfad in den Tod, bösartig todbringendes Räderwerk der Autos, Erziehung zur Unterwerfung, erschöpfte Menschheit, legale Drogen (ich könnte Tausende Gründe aufzählen, groß wie fette Ratten, bis der Computerbildschirm sich zu wehren anfängt), Angst vor den Nachbarn, Angst vor deinem Mann, aber auch gnadenlose Tasten, Cyber-Pfade, Tele-Zwinkern, die Schlauheit des Odysseus, aber anders, Strategien: abwarten, Widerstand, Vorbeugung, selig machende libertäre Autonomie, alter Maulwurf, so lange schon wühlst du dich durch dein Tal der Tränen, ich werde euch nicht verraten, kein Wort mehr von mir, seht nicht so von oben auf mich herab, irgendwann musste sich ja einer mit dem Schlüsselschwert erheben, niemand wird das hier jemals lesen, wer den Grund immer noch nicht verstanden hat, hat auch nicht verdient, dass man ihn warnt, sie werden es schon noch lernen, sie werden es schon noch erfahren, auch wenn es dann zu spät ist, ihre schönen Frühlingsbeete wird der Regen in Schlammpfützen verwandeln, nur ein paar Nächte ehrbarer, wagemutiger, strenger, würdevoller Arbeit noch, und der Druide Miraculix ist so weit, und sein giftiger Zaubertrank ist fertig, und dieses ganze ungerechte und kranke System wird daran zugrunde gehen.

5

Als Julio Cabria sein eines noch brauchbares Auge öffnete, sah er im Dämmerlicht der Werkstatt, dass zwei der Kerle seine Manteltaschen durchwühlten, während der dritte auf dem Boden saß und das Blut zu stillen versuchte, das ihm vom Nasenrücken herablief. Irgendwann ließ dieser seine näselnde und verbitterte Stimme hören: »Er wird wieder wach, der Drecksack.«

Der mit der braunen Mütze ließ von dem Mantel ab, beugte sich zu Cabria hinab und packte ihn mit eisernem Griff am Kinn.

»Jetzt hör mal gut zu, du Wichser! Hörst du mich überhaupt?«

Cabria nickte und schluckte mühsam die zähe, säuerliche Flüssigkeit, die sich in seinem Mund angesammelt hatte.

»Schulden sind dazu da, bezahlt zu werden. Und wer nichts zum Bezahlen hat, sieht zu, dass sich das schleunigst ändert, und spaziert nicht fröhlich auf der Straße herum und setzt sich an den nächsten Spieltisch, als wäre nichts. Wir brechen dir jetzt alle deine Fingerchen einzeln, damit du beim nächsten Mal klüger bist.«

Der, der weiter die Manteltaschen durchsucht hatte, war dazu übergegangen, die zutage geförderten Scheine zu zählen. Immer wieder ließ er dabei die Hand an eine Stelle seines linken Arms wandern. Da platzte es auf einmal aus dem mit der lädierten Nase heraus: »Überlass ihn mir! Er weiß ja jetzt Bescheid. Den Rest erledige ich.«

Cabrias Kinn kam wieder frei, was er nutzte, um tief durchzuatmen. Gleichzeitig näherte sich ihm ganz langsam ein Paar echte Cowboystiefel, die, als persönliche Note, mit einigen Blutspritzern verziert waren, vom Besitzer des schönen Schuhwerks, das sich darüber hinaus durch eine verstärkte Kappe auszeichnete – nur ein Visier fehlte.

Hätte Cabria sich bewegen können, hätte er sich jetzt bekreuzigt. In seinem Zustand musste er sich jedoch darauf beschränken, den Ledergeruch der Stiefel einzusaugen, die eine Handbreit vor seiner Nase zum Stehen gekommen waren.

Er glaubte bereits, das stumpfe Geräusch zu vernehmen, das entsteht, wenn eine Stiefelspitze auf ein Gaumensegel trifft, stattdessen hallte plötzlich ein lautes Türenknallen von den Wänden der Werkstatt wider.

»Hat jemand von Ihnen diese Brille hier verloren?«, fragte klar und deutlich eine besorgte Stimme.

Die drei Killertypen blickten sich schweigend an. Zwei von ihnen, glaubte Cabria zu sehen, zückten unauffällig ein Taschenmesser beziehungsweise ein Stilett.

»Ich habe sie auf der Straße gefunden und zu mir gesagt: Gregorio, jeden Tag eine gute Tat. Du gehst jetzt also und suchst nach dem armen Kerl, der diese Brille verloren hat. Ist das der da?«

Tatsächlich, Meléndez deutete mit dem ausgestreckten Finger auf ihn, Cabria, woraufhin dieser, so zerschunden und kaputt er auch war, so etwas wie Freude seinen Körper durchströmen spürte, wie ein ordentlicher Schluck Cognac, der einem das Herz wärmt.

»Verpiss dich, Vogelscheuche«, brummte der mit der Mütze, »oder ich stopf dir die Brille ins Maul.«

Der Neuankömmling spannte die Jochbeinmuskeln an,

bis sich auf seinem Gesicht ein breites, offenes Lächeln abzeichnete, das seine Zähne freilegte, deren blank polierte Oberfläche die aufblitzenden Klingen der Metzgerburschen widerspiegelte. Als Erster ging der Buchhalter zum Angriff über. Entschlossen hob er sein Stilett, doch bevor er den Arm senken konnte, hatte er bereits einen treffsicheren Tritt ins Gemächt erhalten, woraufhin er, ohne weiter aufzumucken, die Waffe fallen ließ und sich auf dem Boden zusammenrollte.

»Gesindel, dreckiges Gesindel!«, brüllte Meléndez und riss seine Jacke auf.

Von dem ölverschmierten Quadratmeter Werkstattboden aus, der seinem Körper als Unterlage diente, verfolgte Cabria gespannt den weiteren Verlauf der Szene, die noch an Tempo und Dynamik zunahm, als sich die beiden anderen Schläger gleichzeitig auf den Polizisten stürzten. So entschlossen, wie sie wirkten, konnte der Detektiv nicht anders als auf die Angreifer setzen.

Meléndez hatte jedoch bereits die Dienstwaffe gezückt und schlug dem Mützenträger, noch bevor der die Überraschung verdaut hatte, mit dem Griff gegen die Stirn, dass er in sich zusammensackte, als hätte sich unter seinen Füßen eine Falltür aufgetan. Den mit der malträtierten Nase traf dafür ein Hieb an der Schulter. Er war auch der Erste, dem wieder einfiel, wo es zur Werkstatt hinausging, und er folgte seiner Erinnerung schlingernd und vornübergebeugt wie ein betrunkener Quasimodo.

Der Polizist steckte die Waffe weg, strich sich die Koteletten glatt und ging zu Cabria, der sich mit schmerzverzerrtem Gesicht halbwegs hatte aufrichten können.

»Hey, Julio! Gehört dir die Brille hier?«

Als einzige Antwort ließ sich das Stöhnen der beiden Killertypen vernehmen, die sich auf dem Boden wälzten. Behutsam setzte Meléndez dem Detektiv die Brille auf die Nase und half ihm, ein paar erste unsichere Schritte auszuführen, während die anderen zwei die Gelegenheit nutzten, sich auf allen vieren davonzumachen.

»Danke, Gregorio«, brachte Cabria schließlich hervor.

»Du kannst ruhig Goyo zu mir sagen«, sagte Meléndez kumpelhaft und hielt ihm eine Zigarette und die großzügige Flamme seines legendären Silberfeuerzeugs hin. »Schließlich gehöre ich inzwischen ja sozusagen zur Familie.«

Für Kakerlaken, Dreck oder überhöhte Trinkgelder ist kein Platz im Portón. Lange bevor César aufmacht, lässt er Gläser und Flaschen in Reih und Glied zum Appell antreten und überprüft sorgfältig, ob alle seine Glassoldaten vorschriftsmäßig auf Hochglanz poliert sind. Mit der Präzision eines Croupiers verteilt er anschließend die Aschenbecher entlang der Nussbaumtheke und versichert sich, dass sämtliche Tische und Stühle exakt die Stelle einnehmen, die in dieser kleinen Welt für sie vorgesehen ist.

Im Portón sucht man einfallslose Aperitifs genau wie einen Fernseher vergebens, wie hier auch keine Wettspiele veranstaltet werden. Das Einzige, was in dieser Bar mehr oder weniger maßvoll konsumiert wird, sind Getränke und Informationen – was noch lange nicht heißt, dass alle Besucher wie selbstverständlich den Ansprüchen dieser gemütlichen Lokalität genügen, solange nur diese Bedingungen erfüllt sind.

Unter der Woche öffnet César um eins. Um halb zwölf, wenn in den nahe gelegenen Schulen Pause ist, sitzt er jedoch bereits alleine hinter der Theke und liest. Manchmal kann es gegen zwölf Uhr vorkommen, dass jemand an die Türscheibe klopft. Dann legt der Kellner sein Buch zur Seite und geht aufmachen. An der Uniform kann er erkennen, ob sein Besuch von der Sagrado-Corazón-, von der Esclavas-de-María- oder von noch einer anderen Schule kommt. Zumeist handelt es sich genau genommen um zwei Besucherinnen, die noch ganz aufgeregt sind, weil es gar nicht so einfach für sie war, während der Pause zu entwischen, und aus ebendiesem Grund haben sie auch nicht viel Zeit, weshalb César sogleich wieder hinter ihnen abschließt und sich dann an einer Stelle hinter der Theke platziert, die von der Straße aus nicht einsehbar ist. Die Besucherinnen lassen sich derweil kichernd ihm gegenüber auf hohen Drehstühlen nieder.

Der Kellner lädt sie auf ein Erfrischungsgetränk ein, sie nehmen am liebsten irgendetwas mit dem Zusatz *light* auf dem Etikett. Dann erzählen sie ein Weilchen von der Schule, den Lehrern, ihren Freunden, und wenn gerade Prüfungszeit ist, auch davon. Oft fragen sie, was er im Moment liest. César hat jedes Mal einen Band mit Gedichten von Pedro Salinas oder Gustavo Adolfo Bécquer zur Hand, um daraus vorzulesen, womit er auch gleich beginnt. Mit sanfter, ein wenig affektierter Stimme trägt er Vers um Vers vor, und auch wenn seine weiblichen Gäste anfangs lachen, irgendwann hören sie doch aufmerksam zu. Meistens müssen sie schon bald wieder aufbrechen, weil die Pause sich dem Ende nähert. Dann öffnet César vorsichtig die Tür und verabschiedet sie mit einem Kuss auf die Wange.

Bei anderen Gelegenheiten, wenn sie schon ein wenig vertrauter geworden sind, verfällt eine der beiden Besucherinnen womöglich auf das Spiel, hinter die Theke zu schlüpfen, während César vorliest. Doch nichts kann ihn ablenken, nicht einmal, wenn sich unversehens zwei flinke Hände an seinem Hosenschlitz und danach an seiner Unterhose zu schaffen machen. Er setzt seinen Vortrag unbeirrt lächelnd fort und versenkt dabei den Blick immer wieder in die erwartungsvoll und amüsiert leuchtenden blauen Augen der Zuhörerin, die ihm gegenüber sitzen geblieben ist, versucht allerdings, den Rhythmus der Verse den Bewegungen anzupassen, die die Hände oder gegebenenfalls ein warmer Mund seinem Lendenbereich angedeihen lassen, und so geht es Strophe um Strophe weiter mit dem sublimen und fast schon schmerzhaften Rezitieren, bis Césars Glied die höchste Alarmstufe ausruft.

Dann bricht er ab, weist die Besucherinnen darauf hin, dass es höchste Zeit und die Pause gleich zu Ende ist, weshalb er die Türe vorsichtig wieder aufschließt und beide wie immer mit einem Kuss auf die Wange entlässt.

Genossinnen und Genossen, nie zuvor in der Geschichte der Menschheit war die Abschaffung des Privateigentums so nahe. Nicht nur, weil Privateigentum an und für sich schon ungerecht ist – der Begriff des Privaten selbst ist längst überholt, ein durch nichts zu rechtfertigender Anachronismus. Von welchem Standpunkt auch immer wir die Gewohnheiten unserer Gesellschaft in den Blick nehmen – damit meine ich die Gewohnheiten der Länder der Ersten Welt, die wir ganz unverblümt auch als die Ausbeuterstaaten bezeichnen können –, das Ergebnis ist immer dasselbe: Wir bewegen uns immer häufiger, schneller und müheloser um den Globus, und die virtuelle Welt des Netzes mit ihren immensen Möglichkeiten wächst unaufhörlich, weshalb wir auch imstande sind, immer umfangreichere Inhalte auszutauschen, die den Zwängen des dreidimensionalen Raumes, des Konkreten und Materiellen enthoben sind. Wir, die wir die Freiheit des Cyberspace lieben, sind deshalb verpflichtet, all die sich darin entwickelnden guten, neuen Ideen für unsere revolutionären Bestrebungen zu nutzen.

Lasst uns deshalb hier und jetzt die alte anarchistische Parole von der Abschaffung des Privateigentums wiederaufleben – eine Forderung, die ohne Zweifel so legitim wie unbedingt notwendig ist, um zwischen den menschlichen Wesen Gleichheit herzustellen. Dank dem ungeheuren Fortschritt auf dem Gebiet des Informationsaustausches und der Mobilität der Menschen wird dieses Ziel sich in unserer Gesellschaft jetzt tatsächlich verwirklichen lassen! Auf demselben Weg werden sich auch die schändli-

che und niederträchtige Behauptung vom Bestehen einer angeblich schicksalhaften Verbindung zwischen dem Individuum und einem Fleckchen Erde (mag dieses Dorf, Stadt oder Heimatland heißen) wie auch die für die Aufrechterhaltung der Unterwerfung des Individuums hauptverantwortliche Grundzelle, sprich: die Familie, aus der Welt schaffen lassen. Woraufhin künftig jedes menschliche Wesen allen anderen menschlichen Wesen völlig gleichgestellt, mit anderen Worten: die originäre Gleichheit aller erreicht sein wird, die das Ziel eines jeden anarchistisch gesinnten Zeitgenossen darstellt.

Keineswegs dürfen wir freilich so naiv sein und annehmen, bloßes Wünschen könne genügen, um dieses Ziel zu erreichen: Der Kapitalismus hat noch nie auch nur in einem einzigen Punkt kampflos nachgegeben, und er wird das auch niemals tun, es sei denn, etwas Unvorhergesehenes zwingt ihn, von seiner Beute abzulassen.

Der Druide eures Dorfes, das sich nicht dem Imperialismus ergeben hat, steckt den Finger in den Kochtopf und führt ihn anschließend an den Mund. Er kostet von dem Zaubertrank, den er schon seit Längerem zubereitet, und spürt auf seiner Zunge den bittersüßen Geschmack der Hoffnung und das herzerwärmende Aroma der Freiheit.

Schon bald, das verspreche ich euch, wird der Feind eine üppige Dosis seiner eigenen Medizin verabreicht bekommen.

6

… inmitten unschuldsvoller Wilder
wirst finden du die Tugend wohlbehütet,
welche, die Augen nass von Tränen,
aus diesem Alb zu jenen einst entflohen.

›Es ist früh am Morgen, unter meinen geschlossenen Augenlidern leuchtet es hellorange, von dem Sonnenlicht, das darauffällt.

Nein, es ist schon später, im Magen spüre ich ein säuerliches Brennen, das kommt von den Tabletten, die meine Schmerzen lindern und die Schwellungen überall an meinem Körper verschwinden lassen sollen.

Bruder, oh Bruderherz.‹

Erfreue, Freund, dich ihrer zarten Brüste:
Welch heilsam Glück bereitet ihre ungezähmte Güte …

›Alles, was ich will, ist selbstständig auf die Toilette gehen und mir dort ohne fremde Hilfe die Unterhose runterziehen können, mehr verlange ich nicht. Irgendwas muss ich tun, mit irgendeiner Bewegung muss ich anfangen, ich muss wissen, wie groß der Schaden tatsächlich ist.‹

… die so viel kostbarer denn all die heillos kranke Zivilisation,
die unsre Breitengrade rings verpestet …

›Die Stimme kenne ich doch, das ist Gregorio, dieser trügerische Glanz, diese lüsterne Verstellung, das kann nur einer. Bestimmt hat er mich ins Krankenhaus gebracht, sosehr ich auch gebettelt habe, er solle das lassen.‹

... mit trügerischem Glanz voll lüsterner Verstellung.

Cabria öffnete vorsichtig ein Auge. Im anderen spürte er sofort einen stechenden Schmerz. Das war aber gar nichts, verglichen mit dem, was sich um seine Rippen herum und besonders an dem einen Bein abspielte. Mühsam begann er zu sprechen.

»Bin ich zu Hause?«

Er versuchte, sich aufzurichten und dabei die Seufzer, die sein offensichtlich noch vorhandener Körper von sich gab, so gut es ging zu unterdrücken. Beides gelang ihm schließlich, woraufhin er im Spiegel sein ramponiertes und dennoch würdevolles Abbild in Augenschein nehmen konnte. Dann lenkte er den Blick auf Meléndez, der im hellblauen Anzug und mit korinthenbraunen Schuhen in der Mitte des Zimmers saß. In den Händen hielt er ein aufgeschlagenes Buch.

»Was sind denn das für grauenvolle Gedichte? Das versteht ja kein Mensch.«

»Stell es zurück.«

»Ich hab es bloß rausgezogen, weil mein Name auf dem Buchrücken steht.«

Doch, er konnte sehr wohl gehen, auch wenn er noch im Schlafanzug war und sich einem Kerl gegenüber befand, den er gehasst hätte, hätte er ihn nicht für einen armen Idioten gehalten. Es gelang ihm sogar, dem anderen mit zielsicherem Griff das Buch zu entwenden und es an seinen Platz im Regal zurückzustellen. Für einen Moment blitzte ein Gefühl echten Glücks in ihm auf.

Meléndez machte Kaffee. Es war drei Uhr am Nachmittag, als sie sich schließlich gemeinsam zum Frühstück niederließen. Wie Julio Cabria erfuhr, waren seine Verletzungen nicht allzu gravierend, gebrochen war nichts. Allerdings würde er zwei Monate lang alle möglichen Tabletten einnehmen müssen.

Sie tranken beide noch eine Tasse Kaffee und dann noch eine. Aber auch danach wollte der Polizist nicht aufbrechen.

»Musst du heute nicht arbeiten?«

»Immer schön höflich bleiben, Julito, wir haben einiges zu besprechen.«

Der Detektiv ließ sich vorsichtig in den Sessel zurücksinken, seufzte und zündete sich eine Zigarette an. »Leg los. Aber bitte machs kurz, ich muss mich unbedingt wieder hinlegen.«

»Ganz kurz also: Deine Exfrau und ich, wir heiraten, im Mai. Du bist natürlich eingeladen.«

Meléndez war tatsächlich ein armer Idiot. Obwohl er ihm in diesem Fall eigentlich nichts vorwerfen konnte, schließlich war Carmen selbst mit über fünfzig noch immer eine Frau, die man nicht einfach übersah, abgesehen davon, dass ihr herzhaftes Lachen selbst den untröstlichsten Witwer aufmuntern konnte. Und da Meléndez genau das gewesen war, als Cabria sie ihm – bereits als seine Exfrau – eines Tages in einer Cafetería in der Nähe des Gerichts an der Plaza de Castilla vorstellte, wo Carmen arbeitete und wo ihre Wege sich aus beruflichen Gründen gelegentlich kreuzten, hatte der Polizist seither immer engere Kreise um sie gezogen.

»Eigentlich wollte ich es dir am Telefon sagen, aber du bist nie drangegangen.«

»Ich wünsche euch viel Glück. Ich glaube allerdings nicht, dass ich komme. Ich war mit Carmen schon mal auf einer Hochzeit.«

»Wie du meinst. Davon abgesehen, muss ich dich daran erinnern, dass deine Tochter, meine künftige Stieftochter, also Sarita, im November achtzehn wird. Dann steht ihr auch das Geld zu, das sie bekommen soll, wenn sie volljährig ist – so wie ihr es ausgemacht habt, Carmen und du. Du weißt schon, das Geld für die Wohnung, das war Teil eurer Scheidungsvereinbarung. Sarita will mit ihrem dämlichen Freund zusammenziehen. Ich weiß nicht, ob du ihn kennst, ein ziemlicher Armleuchter.«

Neben den schon vorhandenen Schmerzen spürte Cabria plötzlich ein heftiges Stechen in der Magengrube. Schlagartig war er hellwach. Carmen hatte die Idee mit dem gemeinsamen Bausparkonto gehabt. Cabria hatte zugestimmt, ohne groß darüber nachzudenken – in keine Falle tappt man so zielsicher wie in die, die man sich selbst gestellt hat. Was Saritas Freund anging, so hatte Cabria ihn noch nicht kennengelernt, aber bestimmt hatte der Kerl mit Sarita die Freundin bekommen, die er verdiente.

»Carmen möchte, dass ihr Ende des Monats zur Bank geht und den Vertrag unterschreibt.«

»Ich rufe sie an. Noch was?«

»Ja.« Meléndez gab seiner Stimme einen neuen Klang, Cabria sollte merken, dass er jetzt für eine andere Partei das Wort ergriff. »Du treibst dich doch viel im Zentrum von Madrid herum. Ich hätte nichts dagegen, wenn du mir sagen könntest, warum sich da auf einmal lauter Italiener herumdrücken.«

»Kennst du den mit den drei Italienern im Flugzeug, einer ist aus Neapel, der andere aus Mailand und der dritte aus Kalabrien …«

Ein lauter Knall unterbrach Cabrias Vortrag. Meléndez' Kaffeetasse, die bis dahin friedlich in seinem Schoß geruht hatte, war an der Zimmerwand zerschellt wie ein riesiges Insekt, dessen Innereien jetzt langsam am Sprühputz hinabliefen. In den verkrampften Händen hielt Meléndez bloß noch Löffel und Untertasse und improvisierte damit einen leichten Jazzrhythmus.

»Gestern in der Garage warst du nicht so lustig drauf, Schwachkopf. Ich bring dich ins Krankenhaus, und du sagst nicht mal danke. Ich lade dich zu meiner Hochzeit ein, und du hast keine Lust. Ich bitte dich um einen kleinen Gefallen unter Kollegen, und du kommst mir mit so einem Schwachsinn. Aber eigentlich kannst du ja nichts dafür. Willst du wissen, wieso? Weil du auch bloß so eine stinkende Schnüffelnase bist, kein bisschen besser als deine Kollegen. Überall steckt ihr euren Rüssel rein und suhlt euch genüsslich im Dreck. Das nennt ihr dann arbeiten. Dabei steht ihr denen, die wirklich arbeiten müssen, bloß im Weg und geht ihnen auf die Nerven. Und jetzt wollt ihr, dass die Vorschriften geändert werden, damit ihr ganz legal an richtigen Verbrechen herumpfuschen könnt, Raubüberfall, Mord, die ganze Palette. Erst neulich war wieder die Rede davon. Dabei habt ihr nicht die geringste Ahnung, wie man an so was professionell rangeht.«

Damit hatte Meléndez vorerst genug Dampf abgelassen. Er zog einen Zigarillo aus der Tasche, ließ sein Feuerzeug aufspringen und sah Cabria durch dessen bläuliche Flamme hindurch an. »Na ja, statt so undankbar zu sein, könntest du wenigstens mal fragen, wie ich dich gestern gefunden habe.«

Cabria zuckte mit den Schultern. Sofort meldeten sich verschiedene Stellen seines Körpers mit spitzen Nadelstichen zurück. »Wie hast du mich gestern gefunden?«

»Ich muss Punkte sammeln. Subirats hat sich mit diesen linken Wichsern von der Personalabteilung zusammengetan. Die wollen mich ausmustern. Der neue Auftrag, den sie mir zugeschoben haben, kann eigentlich nur ein Bluff sein, aber er kommt von der Interpol und von der Spezialeinheit Informatik – jedenfalls ist es meine letzte Chance. Damit wir uns verstehen: Im Begleittext heißt es, wir sollen unbedingt irgendwelche Italiener im Auge behalten, die angeblich im Zentrum herumtigern. Aber bis jetzt habe ich nichts in den Händen, nicht das kleinste bisschen. Und du bist schließlich ständig hier unterwegs, den halben Tag hängst du im Portón und ähnlichen Löchern rum, da kriegst du doch alles Mögliche mit! Ich habe mich jedenfalls meinerseits ein bisschen umgehört und weiß jetzt, dass du neulich beim Pokern ordentlich baden gegangen bist.«

Cabria versuchte abzulenken. »Warst du schon im Portón?«

»Ja, aber César, die Pfeife, hat nichts rausgelassen. Ich habe gedacht, ich kann ihm ein bisschen Angst einjagen, aber nichts da. Und trotzdem, den kriege ich noch. Irgendwas kann ich ihm immer anhängen, am liebsten wäre mir Verführung Minderjähriger. Ich glaube, der Perversling treibt sich mit kleinen Mädchen rum.«

»Kleine Mädchen?«

»Ja, von den umliegenden Schulen. Du weißt schon, so Vierzehn-, Fünfzehnjährige.«

»Manche von denen können in dem Alter längst Latein, Griechisch, Aramäisch und noch ein paar andere tote Sprachen.«

Meléndez breitete entrüstet die Arme aus. »Julio, verdammt, du hast doch selbst eine Tochter.«

Cabria hatte weder Lust, zu streiten, noch wagte er es, erneut mit den Schultern zu zucken. Also beschränkte er sich darauf, sein Gegenüber weiterreden zu lassen.

»Wie auch immer. Bei der Partie neulich hast du jedenfalls einen Totalcrash hingelegt, das weiß ich. Und du hast jede Menge dubiose Schecks unterschrieben. Aber du hast ja auch viel mehr verloren, als ein Tagedieb wie du jemals in der Tasche haben kann …«

In diesem Augenblick wünschte sich Cabria, Chrysostomus und der Zwerg, der aussah wie einer von den Anzugträgern aus *Reservoir Dogs,* wären zu spät auf der Dachterrasse erschienen.

»Na gut, ja, ich habs vermasselt, mein Geld ist futsch, und die Schecks, die ich unterzeichnet habe, waren nicht gedeckt. Aber die Typen haben mich aufs Glatteis geführt – oder ich habe mich führen lassen, natürlich, kann schon sein. Das Geld für das Sparkonto habe ich jedenfalls auch verspielt. Wenn Carmen mich verklagen will, nur zu. Ich habe keinen Cent mehr.«

Meléndez schlug sich auf die Oberschenkel, zupfte an seinen Koteletten und verschränkte mit sorgenvollem Blick die Hände im Nacken. Man hätte glauben können, er und nicht seine zukünftige Gattin sei um das Geld gebracht worden.

»Carmen hat vollkommen recht: Du bist ein Nichtsnutz, ein Vollidiot. Aber du hast nicht bloß ihr Leben ruiniert und wie immer hemmungslos deinen Egoismus ausgelebt –

nicht einmal auf die Zukunft eurer einzigen Tochter nimmst du Rücksicht, das, was ihr völlig zu Recht zusteht, ist dir scheißegal.«

Cabria musste lachen. Es gelang ihm aber, so zu tun, als hätte er einen Hustenanfall, den er andererseits so in Grenzen zu halten versuchte, dass die Erschütterungen sich nicht auf seine malträtierten Rippen übertrugen.

»Das ist bestimmt ein schwerer Schlag für euch und eure Pläne«, sagte er schließlich. »Die von dir und Carmen, meine ich. Ich kann mir vorstellen, dass ihr wenig Lust habt, länger als unbedingt nötig mit Sara und ihrem Freund unter einem Dach zu wohnen.«

»Spielsüchtig, das bist du, ein Pokerjunkie. Aber du weißt selbst, wie Carmen ist. Wenn ich ihr das erzähle, bringt sie dich um.«

Schön wärs, dachte Cabria, aber den Gefallen würde sie ihm nicht tun. Stattdessen würde sie ihm zum tausendsten Mal mit schriller Stimme vorhalten, wie frustrierend es gewesen war, mit ihm verheiratet zu sein, und dass er sich nie um ihre Tochter gekümmert hatte, und er würde sich den Kopf zermartern auf der Suche nach einem Ausweg, der nur in noch mehr Unterschriften unter noch mehr Kreditvereinbarungen und noch mehr Vorwürfen würde bestehen können, doch zu nichts davon war Cabria zu diesem Zeitpunkt noch bereit.

Die eintretende Stille wurde erst unterbrochen, als sich ein Stück der Kaffeetasse, das noch an der Wand klebte, mit trauriger Ergebenheit vom Putz löste und am Boden zerschellte. Aber keiner der beiden reagierte. Polizist wie Detektiv waren irgendwo weit weg an einem sonnenbeschienenen Ort ihrer Vergangenheit, wo noch alle Wege offenstanden, auch der, den sie damals frohgemut eingeschlagen hatten, auf dass er sie unfehlbar in das schwarze Loch führte, in dem sie heute gefangen saßen.

Bis Cabria plötzlich mit monotoner Stimme loslegte: »Andrés Escribano, auch Botines genannt. Ist am Freitag bei mir aufgekreuzt. Zahlt mir jeden Tag eine stattliche Summe, damit ich seine italienische Geliebte aufspüre, eine gewisse Pandora. Wie sie genau aussieht, weiß er nicht mehr. Er behauptet, sie ist irgendwo hier im Stadtzentrum. Vor einiger Zeit hat sich sein Sekretär auf die Suche nach ihr gemacht und überall herumgefragt, bis man ihn tot aufgefunden hat, zu Tode gefoltert, genauer gesagt. Noch zwei von Botines' Killern ist es genauso ergangen. Ihr habt dazu offenbar nichts Konkretes herausfinden können. Ich als Detektiv darf in solchen Fällen ja nicht ermitteln, dafür kann ich aber versuchen, Leute aufzuspüren. Gestern ist zu einer völligen Unzeit eine Frau bei mir im Büro erschienen und hat behauptet, sie wohnt mit einer gewissen Pandora zusammen. Angeblich ist die Italienerin und vor einer Weile verschwunden, aber irgendwas stimmt daran nicht, meint die Frau. Sie hat sie nämlich vor Kurzem an der Plaza de Tirso de Molina gesehen, sagt sie. Mir leuchtet das alles nicht ein, außerdem kann ich nicht für zwei verschiedene Auftraggeber in derselben Sache arbeiten, also habe ich abgelehnt. Allerdings habe ich das Gefühl, Botines hat zum Teil gelogen und die Frau sowieso. Was mich betrifft, mir ist es in den letzten Tagen gar nicht übel ergangen beim Kartenspiel. Das haben allerdings die Typen, bei denen ich Schulden habe, offenbar auch mitbekommen, und darum haben sie mir diese drei Musketiere auf den Hals gehetzt, damit sie mir eine Abreibung verpassen. Zum Glück bist du dann aufgetaucht – wahrscheinlich hat dir irgend so ein Spitzel einen Tipp gegeben, vielleicht sogar der, der zuerst mich bei meinen Gläubigern verpfiffen hat. Den Rest kennst du selbst. Wenn du nichts zu Carmen sagst, wenn du mir ein bisschen Zeit lässt, damit ich versuchen kann, das Ganze noch vor dem Achtzehnten meiner Tochter aufzuklären, ziehe ich sofort los und höre mich um, ob hier im Zentrum irgendwer irgendwas von irgendwelchen Italienern weiß – mit Zentrum meine ich Tirso de Molina, Lavapiés, Barrio de Austrias, Ópera, Sol, Gran Vía, Huertas, Recoletas, Luna, Dos de Mayo und Malasaña, also alles, wo ich mich einigermaßen auskenne. Geld bekomme ich von Botines, und Sara werdet ihr rechtzeitig los, die Kohle für ihre Wohnung kriege ich zusammen, keine Sorge. Ende gut, alles gut, Goyo.«

Meléndez hatte sich während Cabrias Vortrag, offenbar fassungslos, die Hand vor den Mund gehalten. Daran, wie sich die Haut um seine Augen in Falten legte, während die Augen selbst tückisch zu funkeln begannen, hatte Cabria allerdings gemerkt, dass der Polizist in Wirklichkeit lächelte, und wie! Schließlich nahm Meléndez die Hand vom Mund und sagte entschieden: »Glaub ich nicht, glaub ich nicht, glaub ich nicht.«

»Soll das jetzt nach Dichtung klingen, oder gibt dein Wortschatz nicht mehr her?«

»Ich glaube nicht, dass man dir vertrauen kann, du denkst doch bloß an Poker.«

»Du hast nichts zu verlieren. Wenn du es Carmen jetzt gleich sagst, wird sie es mir heimzahlen. Aber so wütend, wie sie dann bestimmt ist, wirst auch du deinen Teil abbekommen, da kannst du noch so unschuldig sein. Wer schlechte Botschaften überbringt, muss dafür bezahlen. Und ihr Preis ist verdammt hoch, das kannst du mir glauben. Aber davon mal abgesehen – ich meine es ernst, wirklich. Oder würde ich dir sonst Sachen weitererzählen, die mir ein Kunde gesteckt hat, streng vertraulich?«

»Ich bin schließlich Polizist.«

»Du weißt, dass mich niemand dazu zwingen kann, und trotzdem habe ich dir gerade verraten, dass es da irgendwo im Herzen von Madrid eine Italienerin gibt, hinter der alle her sind, und dass es deswegen schon drei Tote gegeben hat. Das ist viel mehr, als du bis jetzt gewusst hast. Aber wenn dir das trotzdem nicht genug ist, habe ich noch was für dich: Wir können uns zum Beispiel jeden Dienstag um zwölf im Mariano treffen, und ich erzähle dir alles, was ich bis dahin herausgefunden habe. Ich helfe dir, versprochen. Alles, was ich will, ist einen Monat Aufschub und vielleicht noch ein paar Tage dazu.«

»Exakt einen Monat, und dann ist Schluss. Am 1. November endet unsere Abmachung, das ist ein Mittwoch. Danach kannst du sehen, wie du mit deiner Ex fertig wirst.«

Cabria nickte zustimmend, drückte langsam seine Zigarette im Aschenbecher aus und verschränkte die Arme. Meléndez begriff, dass der Kranke jetzt Ruhe brauchte. Er erhob sich schwungvoll von seinem Stuhl und ging mit energischen Schritten zur Zimmertür. Als er sie gerade öffnen wollte, erklang Cabrias Stimme: »Nur eins noch, Goyo.«

»Für dich Gregorio. Goyo nennen mich bloß meine Freunde.«

»Lass César in Ruhe, den vom Portón. Wenn er nichts gesagt hat, dann weiß er auch nichts. Er ist der Einzige, mit dem ich über Filme reden kann. Und er serviert den Gin Tonic genau so, wie ich ihn mag, mit einem Schälchen Mandeln dazu, kein anderer Kellner hat das drauf.«

»Das sind gute Gründe. Mal sehen, was sich machen lässt«, lautete Meléndez' geheimnisvolle Antwort.

Cabria blieb allein zurück inmitten seiner Bücher, überquellenden Aschenbecher und Ungewissheiten. Mühsam richtete er sich auf und schleppte sich ins Schlafzimmer. Im Schrank hing sein malträtierter Mantel. Er warf ihn aufs Bett und wettete zehn zu eins, dass das Geld, das er beim letzten Mal gewonnen hatte, nicht mehr in der Manteltasche war.

Er fand aber nicht nur das Geld darin, sondern dazu noch drei Päckchen Ducados, die Zeitung und eine *Penthouse* – Meléndez hatte sich wirklich Mühe gegeben.

7

Er war gerade dabei, Bier in ein Glas laufen zu lassen, um diesem durch gekonntes Umlegen des Zapfhahnhebels zuletzt eine perfekte Schaumkrone zu verpassen. Da sah er aus dem Augenwinkel, wie er ins Portón kam – immer wenn man am wenigsten damit rechnet, sagte sich César, aber auch in anderer Hinsicht ganz wie sonst: hinkend, das jedoch durchaus gleichmäßig, und leicht vornübergebeugt, in einem viel zu weiten Hemd, das mit bunten Vögeln bedruckt war. Das fettige blonde Haar zu einem straffen Pferdeschwanz zusammengebunden, der an seinem Hinterkopf wie eine kleine Peitsche auf und nieder wippte, die Beine in eng anliegenden, bis über den Bauchnabel hochgezogenen Röhrenjeans, die Füße in verdreckten Gummilatschen und den scheuen Blick scheinbar teilnahmslos auf den Boden geheftet.

Im Vorbeigehen ließ der Neuankömmling die wenigen Gäste, die zu dieser frühen Stunde in der Bar saßen, in den Genuss des Duftes seines billigen Rasierwassers kommen. Zugleich beschwor sein Erscheinen ein unbehagliches Schweigen herauf: Jedermann wusste, dass kein Mensch über ein auch nur annähernd so empfindsames und feines Gehör verfügte wie Vitriolo. Er war imstande, das Geräusch wahrzunehmen, das entsteht, wenn eine Kontaktlinse auf einem weichen Teppichboden landet, konnte von den Lippen ablesen, mehreren Unterhaltungen gleichzeitig folgen, ohne dass ihm das Geringste entging, und Sätze wiederholen – unter genauer Angabe von Datum und Urheber –, die Jahre zuvor in seiner Gegenwart ausgesprochen worden waren, selbst wenn es sich um eine Sprache gehandelt hatte, die er nicht beherrschte. Mancher vermied es gar in seiner Gegenwart, in Worten zu denken, weil es hieß, selbst das könne er hören.

Vitriolo setzte sich wie immer an den Tisch, der von den Kehlen der übrigen Gäste am weitesten entfernt war, und fing an, mit einem Zahnstocher seine Kauwerkzeuge zu säubern, bis ihm der Kellner einen Kaffee brachte. Er war lange nicht mehr hier gewesen und erhoffte sich nichts Besonderes von einem Sonntagmorgen wie diesem. Aber es war wichtig, sich ab und zu blicken zu lassen, um den anderen zu verstehen zu geben, dass er sehr wohl etwas zu erzählen hatte, nette, interessante, seltsame oder nützliche Geschichten, wie man sie eben hier und da aufschnappt und die natürlich ihren Preis haben.

Wenn Vitriolo über seine Arbeit nachdachte, sah er sich weder als herkömmlichen Berufstätigen noch als Künstler noch als jemanden, der auf eigene Faust Geschäfte zu machen versucht. Er war ganz einfach der geborene Zuhörer, und aus dem geschickten Einsatz dieser Fähigkeit bezog er seinen bescheidenen Lebensunterhalt. Andere haben ein unbestechliches Auge, ein ausgeprägtes Fingerspitzengefühl, eine hochsensible Nase, eine überragend feine Zunge. Vitriolo dagegen war ein Voyeur der Worte und schon als Kind in der Lage gewesen, dem verklausulierten Kauderwelsch der Erwachsenen mühelos die wahren Absichten zu entnehmen. Mithilfe der Informationen, die an sein Ohr gelangten, verhinderte oder verursachte er Schlägereien, Liebesgeschichten und andere Katastrophen. Als Erwachsener beschloss er, dass seine Arbeit darin bestehen sollte, gemächlich von der Bar in den Park und von dort zur nächsten Telefonzelle zu schlendern und stets für alles und jeden buchstäblich ein offenes Ohr zu haben – der Rest, alles Gute wie Schlechte, das der Handel mit einer so gefährlichen Ware mit sich brachte, ergab sich wie von selbst.

Die Schritte des Kellners – Vitriolo zählte zwölf – näherten sich seinem Tisch. Während er wiederum zwölf Schritte zählte, die sich jetzt von seinem Tisch entfernten, fragte er sich, weshalb auf dem Unterteller, den der Kellner samt der Kaffeetasse auf seinem Tisch abgestellt hatte, drei Zuckertütchen lagen, obwohl César doch genau wusste, dass er nie Zucker in den Kaffee tat. Mit dem sehr langen Nagel seines kleinen Fingers schob Vitriolo die Zuckertütchen hin und her und drehte schließlich eines um. Unter dem elegant gestalteten goldfarbenen Schriftzug »Danke für Ihren Besuch« standen, mit schwarzem Kugelschreiber geschrieben, die drei beunruhigenden Wörter »Bullen suchen dich«. Vitriolos Fingernagel hob das nächste Tütchen an und drehte es um. Es hatte ebenfalls eine geheime Botschaft zu verkünden: »Komm zum Klo, unauffällig.« Vitriolo überlegte, ob er tatsächlich wissen wollte, was auf dem dritten Tütchen stand, gab sich dann aber einen Ruck – und stieß zur Belohnung auf das so unerwartete wie unerfreuliche Wort »Meléndez«.

Nach Vitriolos Ansicht überstieg die Weisheit der Ärzte noch die eines Heiligen, wenn sie unaufhörlich predigten, wie ungesund Zucker für den Menschen sei. So trank er nun seinen wie immer ungesüßten Kaffee und rauchte dazu mehrere Mentholzigaretten. Als auf diese Weise einige Zeit vergangen war, glitt er von seinem Stuhl und durchquerte bald darauf geräuschlos den dunklen Gang, der zu den Toiletten führte. Er war schon fast bei der Herrentoilette angekommen, da packte ihn jemand am Hemd und stieß ihn mit einem kräftigen Schubser die Treppe zum dunkel-feuchten Getränkekeller hinunter.

»Bin ich für deinen Geschmack nicht schon ein bisschen alt, César?«, fragte seine dünne Stimme mit einem, trotz der unüberhörbaren Angst, leicht spöttischen Unterton.

»Spiel jetzt nicht den Witzbold, und außerdem: Sei leise! Hör zu, Meléndez war gestern hier. Er ist völlig von der Rolle. Wenn du mich fragst, ist er nur gekommen, weil er geglaubt hat, dich hier zu erwischen. Er hat ewig gewartet und sich irgendwann mit mir angelegt. Es ging um irgendwelche Italiener, er will alles wissen, was die Leute sich über sie erzählen.«

César hielt Vitriolo am Arm fest, während er ihm direkt ins Ohr flüsterte. Er spürte, wie dessen schmächtiger Körper bei seinen Worten immer wieder empört auffuhr.

»Keine Sorge, ich hab dichtgehalten. Aber Meléndez kommt wieder, da kannst du Gift drauf nehmen, und dann musst du ausspucken, was du weißt.«

»Was weiß ich denn?«

»Alles. Ich habs seinerzeit von dir selbst gehört. Italien, Neapel. Im Dezember war das, obwohl mir das an und für sich piepegal ist. Es ist bloß wegen dem Tipp, den du mir mal gegeben hast, in dieser Sache mit der Tochter vom Stadtrat, erinnerst du dich?«

Vitriolo bestätigte die Frage durch nervöses Kopfnicken. César musste zurück, die Kundschaft wartete.

»Ich war dir noch einen Gefallen schuldig. Viel Glück.«

Der Kellner ließ einen nachdenklichen Vitriolo im Keller zurück, der in dem Nebel stocherte, der sich vor seinem inneren Auge über die Zukunft gelegt hatte – darin verborgen alle möglichen Unannehmlichkeiten, die sein Beruf so mit sich brachte. Oft genug nahmen diese Unannehmlichkeiten allerdings die Gestalt steinharter Widerstände an, an denen man sich sämtliche Zähne ausschlagen konnte, wenn man sich nicht beizeiten in Acht nahm.

Fünf Minuten später schallte aus der Musikanlage des Portón die Stimme des Liedermachers Joaquín Sabinas – *Und irgendwann war es zehn und dann elf und dann zwölf* –, während ein trauriger, einsamer Vitriolo zum Ausgang des Lokals hinkte. Die Vögel auf seinem Hemd wirkten längst nicht mehr so bunt, der Pferdeschwanz lag jetzt schlaff auf seinem Rücken, und der Reißverschluss seiner Jeans war nur zur Hälfte hochgezogen.

Kurz bevor Vitriolo die Tür erreichte, zwinkerte er dem Kellner allerdings zu und legte eine Münze und drei Tütchen Zucker auf die Theke.

Wie Cabria wieder einmal feststellen konnte, wurde die Messe keineswegs immer im Hauptschiff zelebriert, es gab einfach nicht genug Gottesdienstbesucher. In einer der Seitenkapellen sprach heute ein Priester, der das Predigen sehr ernst nahm, auch wenn nicht mehr als zehn Leute vor ihm saßen, die aufmerksam zuhörten, weil seine Worte, die auf dem Weg durch das Mikrofon und die Lautsprecher einen metallischen Klang annahmen, tatsächlich Aufmerksamkeit verdienten, brachten sie doch, wenn auch zurückhaltend, die Sorge des Redners angesichts der verhängnisvollen Zeichen einer Zeit zum Ausdruck, in der Menschen das Sagen haben, deren Herzen verstockt sind, während ihr Geist nur allzu leicht verzagt.

Die Stimme des Redners war nicht unbedingt als wohltönend zu bezeichnen – Fistelstimme träfe es schon eher –, dennoch legte er sich mächtig ins Zeug, versuchte, eine Verbindung zwischen dem Aramäisch des Erlösers und der Sprache des Fernsehens aufzuzeigen, und die Beispiele, die er anführte, waren radikal zeitgenössisch: »So fand erst gestern« – der Prediger wurde jetzt zum Zeugen seiner selbst – »an ebendiesem Ort eine Hochzeit statt, und da frage ich mich schon, wozu heiraten die Leute heute eigentlich noch? Hat man die Absicht, ihnen ein wenig von Gott zu erzählen, heißt es gleich, man möge sich bitte schön kurz fassen, und kaum fängt man an zu reden, geht das Getuschel los. Und wollt ihr wissen, warum das so ist? Weil diesen Leuten wichtiger ist, was für Kleider man so trägt, weil sie in Gedanken schon beim Abendessen sind und sich überlegen, mit wem sie sich dabei unterhalten wollen und wen sie besser meiden. Jeder kümmert sich nur um seinen eigenen Kram.« Kurze Unterbrechung, die Empörung des Priesters rechtfertigte die ein wenig unpassende Ausdrucksweise, die zugleich erkennen lassen sollte, dass der Mann sehr wohl wusste, wie draußen auf der Straße gesprochen wird. »Die Priester sollen Ruhe geben! In Schulen und Krankenhäusern sollen die Kruzifixe abgehängt werden! *Das* fordert man heutzutage, ja, man ist längst dabei, diese Forderungen umzusetzen. Aber ich frage mich, *euch* frage ich: Wenn Gott gut ist, wenn er gekommen ist, uns zu heilen und uns Gutes zu tun, sollen wir uns dann wirklich von ihm lossagen?«

Julio Cabria betrat den letzten Beichtstuhl in der hintersten Ecke der dem heiligen Sebastian geweihten Kirche. Darüber an der Wand war eine Marmorplatte befestigt, auf der daran erinnert wurde, dass hier die menschlichen Überreste von Don Lope de Vega y Carpio ruhen, dessen Genius sich stets aufs Neue aus der Asche erheben wird – Lope, der grandiose Held der Bretter, die die Welt bedeuten, und ein ebenso großer Sünder wie glühender Verehrer Gottes und der Menschen. Und ebendort, Jahrhunderte später, um fünf Uhr an einem Montagnachmittag im September, kauerte nun eine schattengleiche Gestalt, die um nichts weniger zerknirscht war und Gott gewiss ebenso sehr fürchtete wie ihr berühmter Vorgänger. Und durch die Öffnungen in der Gitterwand vor ihr – kleine, vollkommene Rauten, an deren Vollkommenheit, anders als im Fall der schattenhaften Gestalt, kein Zweifel bestehen konnte – ließ sich ihre klagende Stimme vernehmen, während ihr die Hügellandschaft im immer noch geschwollenen Gesicht des Bruders trotz oder wegen ebendieser vollkommenen Rauten zum Glück verborgen blieb.

»Er hat gelogen, mein Bruder. Dieser Botines hat dich angelogen. Er heißt zwar wirklich Andrés Escribano, und rings um die Plaza de Cascorro kennt man ihn. Aber eine Freundin hat er nie gehabt, und er wird auch niemals eine haben. Er ist nämlich nicht nur ein ziemlich obskurer Geschäftemacher, sondern auch ein warmer Bruder. Das war er immer schon, habe ich mir sagen lassen. Gott allein weiß, weshalb er auf der Suche nach dieser Pandora ist, ich kann dir jedenfalls nichts über sie berichten. Hier in meinem Beichtstuhl war noch nie von ihr die Rede und auch sonst nirgendwo in unseren Kreisen.«

Der Detektiv zog ein Plastiktütchen aus der Tasche und steckte es vorsichtig durch eine der rautenförmigen Öffnungen.

»Ave Maria purissima«, flüsterte die Stimme dankbar und schluchzte auf.

Während sein Bruder den Inhalt des Tütchens in Augenschein nahm und es anschließend in seiner Soutane versteckte, tastete Julio Cabria unter seinem Sitz, bis er einen Aktenordner zu fassen bekam. Im angenehmen Dämmerlicht des Beichtstuhles blätterte er ihn durch.

Wieder einmal bestätigte sich sein Eindruck, dass hier eine alterfahrene Organisation am Werk gewesen war, die mit Hingabe – und mit dem nötigen Kleingeld – großartige Arbeit leistete. Man brauchte nur einem der von der Pfarrei durch ein kleines Stipendium unterstützten Messknaben den entsprechenden Auftrag zu erteilen, und er war imstande, innerhalb von zwei Tagen eine Menge an Informationen zusammenzutragen und zu ordnen, wozu ein Detektiv ein ganzes Jahr benötigt hätte. Angefangen bei Kellerräumen voll alter Dokumente, Inkunabeln und Handschriften, über Bibliotheken und Zeitschriftenarchive, bis hin zu CDs und gewaltigen Datenbanken stand ihm und seinesgleichen tatsächlich ein weltumspannendes Netz der Netze zur Verfügung, ein nachrichtentechnisches Paradies auf Erden beziehungsweise ein höchst irdisches Himmelreich, wie es sich nicht wenige Staaten dieser Welt wünschen würden, führen doch alle Wege der Information zur Macht, wie Cabria sich abschließend sagte, und vermutlich war das auch ganz richtig so und konnte gar nicht anders sein.

Den Aktenordner unterm Arm, schlich Cabria müde zu seinem Büro in der Calle Doctor Cortezo. Dort schrieb er »Sag deinem Chef, er soll mich anrufen« auf einen Zettel, befestigte diesen mit Klebeband außen an der Tür und ging dann hinunter ins Portón, wo ihm César einen Gin Tonic mit viel Eis hinstellte und ihm riet, auch seinem geschwollenen Auge eine ordentliche Eispackung zukommen zu lassen.

Außerdem wies er ihn auf ein paar neue Filme hin, einer davon aus Frankreich und allem Anschein nach herrlich prätentiös.

Für ebenden entschied sich Cabria, und seine Erwartungen wurden voll erfüllt, auch wenn er ein Weilchen brauchte, bis er einschlief, weil ihn dunkle Vorahnungen und sehr konkrete Schmerzen quälten.

Morgen schreibe ich einen Roman. Mit einer wunderschönen Handlung. Er hat nur ein Kapitel (aber was für eins!). Eines nicht mehr allzu fernen Tages (vielleicht ist er schon näher, als meine Fingerspitzen in diesem Moment den klappernden Tasten meines Computers sind oder mein Atem dem Bildschirm oder die Tasse heißen Kaffees meinen Lippen), eines nicht mehr fernen Tages also kommt es zu einer Katastrophe, die den Hauptpfeiler des kapitalistischen Systems untergräbt und schließlich zum Einsturz bringt. (Dass dies geschieht, weil sich einem geheimnisvollen Druiden eine einmalige Gelegenheit bietet, ist dabei nicht so wichtig, schließlich ist der Druide bloß das Werkzeug einer tausendjährigen Vorgeschichte.)

Auch wenn dieses Ereignis die gesamte Weltordnung umzuwälzen scheint, ist es doch in Wirklichkeit nicht mehr als ein heftiger Schlag, der die Herzen und Hirne der Menschen aufwecken wird: Oh, die Figuren in diesem Drama merken plötzlich, dass sie weniger Bürger eines Staates als vielmehr Gleiche unter Gleichen und, so sie denn wollen, frei sind. Angesichts der neuen, chaotischen Lage (die Romanhandlung, Genossinnen und Genossen, schreitet derweil fort, auch wenn sie bloß eine einzige Buchseite in Anspruch nimmt) treten die organisierten Kräfte hervor, die über ein Klassenbewusstsein verfügen, aber lange Zeit nur im Verborgenen existieren konnten: Sie haben eine sinnvolle und tragfähige Antwort anzubieten, die darin besteht, zuallererst einen riesigen Blütenteppich auszubreiten und sich sodann der gerechtfertigten Bestrebungen der befreiten

Menschheit anzunehmen, die in ihrer Gesamtheit der Besitzer aller naturgegebenen Reichtümer dieser Erde ist und sich dank der von Technik und Wissenschaft erreichten Fortschritte nun ernsthaft daran macht, Wirklichkeit werden zu lassen, was bis dahin nichts als eine willfährige rhetorische Leerformel war: die Abschaffung der Armut, die Abschaffung der Unterdrückung, die Abschaffung der Angst. Das blaue Einhorn. Denn die Klasse, die bis dahin die Herrschaft ausgeübt hat (im Roman, einem Opus aus einem einzigen Absatz, wird sie durch einen feindlich gesinnten Gegenspieler verkörpert, der zunächst verwirrt ist, jedoch stets gefährlich bleibt), diese Klasse also kennt die alte Kunst des libertären Fährmanns nicht, das große Abenteuer, das Schiff der Menschheit solidarisch durchs Chaos zu steuern.

(Und damit endet der Roman, der aus einem einzigen Buchstaben besteht: Ⓐ)

8

Für jemanden mit Rippenprellungen und Schienbeinen voll blauer Flecken gibt es Schöneres, als einen Einkaufswagen vor sich her zu schieben. Aber schließlich muss der Mensch essen, und so biegt Julio Cabria am Ende des Kühlregals mit den Milchprodukten ab in den Gang mit den Konserven, um sich mit einem ausreichenden Vorrat an Dosen mit Bohnen, Linsen und in allen möglichen Soßen schwimmenden Sardinen einzudecken, die er mit der lustlosen Entschlossenheit eines Mannes im Wagen deponiert, der schon seit Langem nicht mehr über seine Ernährungsgewohnheiten nachdenkt und sogar im Schlaf weiß, wo sich in diesem Supermarkt was auch immer befindet.

Einkaufen empfand Cabria seit je als ausgesprochen lästige Pflicht, selber zu kochen als ordinären Luxus und anderen salbungsvoll zu erklären, was man in der Küche so alles anstellt (wie es etwa in Kriminalromanen am Mittelmeer beheimatete Ermittler und in der Wirklichkeit jeder Vollidiot, der imstande ist, eine Pfanne in der Hand zu halten, so gerne machen), eine unerträgliche Zumutung. Cabria hielt es da lieber mit der, von ihm selbst erdachten, Volksweisheit »Ein Koch, der sein Handwerk versteht, behält seine Rezepte für sich« – die wirklichen Meisterköche sprachen ohnehin nur gegen Geld, und ob sie dabei tatsächlich die Wahrheit über ihre Rezepte verrieten, war keineswegs ausgemacht. Über etwas so Prosaisches wie das, was wir unserem Magen einverleiben, beziehungsweise darüber, wie wir dies tun, zu philosophieren oder ästhetische Betrachtungen anzustellen, betrachtete er als ausgesprochen billigen Trick, so als wollte man seinem Gegenüber den Gaumen kitzeln, um es, auf diese Weise abgelenkt, umso einfacher auf seine Seite zu ziehen oder ihm gleich die Brieftasche aus der Jacke zu stibitzen. Als ausgesprochen grotesk empfand er es dagegen, wenn er in einem Supermarkt etwas so Nobles und Notwendiges wie eine Tüte Salz in unmittelbarer Nachbarschaft einer Packung Getreideflocken fand, die zu Klumpen zusammengepresst waren, die wiederum wie lustige kleine Bären aussehen sollten. Himmel hilf, sagte sich Cabria, dem an diesem Nachmittag aber trotzdem fast alles Spaß machte: der sich füllende Einkaufswagen, die Tatsache, dass er genug Geld in der Tasche hatte, um nicht ständig Preise vergleichen zu müssen, aber auch das kaum verhohlene Misstrauen, mit dem einer der Angestellten des Supermarkts sein heruntergekommenes Äußeres und die geräumigen Taschen seines Mantels betrachtete.

Als er den Wagen neben der großen Tiefkühltruhe zum Stehen brachte, sah er sie, ganz versunken in die Liste der Bestandteile eines in Plastik gepackten Produkts. In dem bläulichen Licht, das aus der Tiefe der Truhe strahlte, nahmen ihre schwarzen Augen eine beunruhigend violette Färbung an, und die zinnoberroten Lippen hatten in ihrem bleichen Gesicht etwas von zwei roten Fischen, die zappelnd im Schnee liegen.

»Am schlimmsten sind E 137, E 255, E 122 und E 134. Wer etwas isst, was alle diese Zusatzstoffe auf einmal enthält, ist sieben Stunden später tot.«

Er hatte einfach drauflosgeredet, ohne groß nachzudenken beziehungsweise mit einem Stechen beschäftigt, das ihn plötzlich unterhalb der Achsel plagte. Normalerweise neigte Cabria jedoch nicht dazu, den Spaßvogel zu spielen; andererseits lenkte es ihn ab, wenn er sprach. Außerdem hatte ihre Unterhaltung in seinem Büro vergangenen Samstag in ihm das verheißungsvolle Gefühl einer Tragikomödie hinterlassen, die noch nicht an ihr wirkliches Ende gelangt war.

Im Gesicht der Frau folgte auf das Lächeln, das erkennen ließ, dass auch sie seine Bemerkung als Witz aufgefasst hatte, ein Ausdruck des Erstaunens darüber, ihn hier anzutreffen, der sogleich von Bestürzung über das Aussehen seines entzündeten Auges abgelöst wurde, das in seinem gegenwärtigen Zustand an einen kleinen fauligen Pfirsich erinnerte.

»Sie hätten erst mal die anderen sehen sollen.« Cabria fügte sich in die Rolle des Witzbolds.

»Viel schlimmer kann es kaum gewesen sein. Tut es weh?«

»Nur wenn ich mit dem Finger daraufdrücke. Haben Sie schon jemanden gefunden, der nach Ihrer Freundin sucht?«

Nadia umklammerte ihre Handtasche und lächelte den Detektiv an. Große, eng stehende, sehr weiße Zähne. Eine der Haarsträhnen, die ihr in wilden Wirbeln auf die Schultern fielen, hatte sich darin verfangen. Cabria registrierte schicksalsergeben, dass sie größer war als er.

»Sie ist nicht meine Freundin. Und auch keine Mitbewohnerin, jedenfalls nicht so, wie man sich das normalerweise vorstellt.«

Sie spazierten gemeinsam durch die Gänge des Supermarkts, inmitten von Leuten, die kurz vor Ladenschluss noch rasch auf Beutezug gingen, um anschließend zu Hause aus dem Erjagten ein Abendessen anzurichten, das ebenso gehetzt verlaufen würde wie schon der ganze Tag, mit Ausnahme des herzhaften Gähnens, mit dem sie diesen begonnen hatten. Während die beiden an der Kasse anstanden, unterhielten sie sich über mehrfach ungesättigte Fettsäuren, Konservierungsmittel, Farbstoffe, über die schwierige Entscheidung, ob man Margarine oder nicht doch lieber Butter verwenden solle, über die Kunst, aus chemischen Bestandteilen Wein herzustellen – und umgekehrt –, über Hühner in Legebatterien und frei laufende Hühner – die Frage war natürlich, wo genau diese Hühner eigentlich frei herumliefen –, über *foie* und über *gras,* über Schädlingsbekämpfungsmittel und den schrecklichen Parasiten Anisakis (hieß nicht auch ein griechischer Dichter so?) – kurz: nicht gerade weltbewegende Themen, doch zu Cabrias Überraschung langweilte er weder sich selbst noch seine Gesprächspartnerin.

Als sie aus dem Supermarkt kamen, war es draußen fast dunkel. Und herrlich kühl. Nicht einmal die schweren Einkaufstüten ließen den Detektiv noch an seine frischen Kriegsverletzungen denken.

»Jetzt haben Sie mir immer noch nicht gesagt, ob Sie Pandora gefunden haben.«

»Theoretisch wäre das durchaus möglich. Aber es gibt da ein Problem.«

Cabria hatte schon viel zu lange nicht mehr an einer Zigarette gezogen. Er sog tief den Rauch seiner soeben angezündeten Ducados ein.

»Sie wissen nicht, wie diese Pandora aussieht beziehungsweise, ob Sie sie überhaupt schon mal gesehen haben.«

Nadias Augenbrauen wölbten sich zu zwei beeindruckenden Halbbogen, während ihre Pupillen sich vor Schreck zu zwei grandiosen schwarzen Löchern weiteten, die es an Schönheit und nächtlicher Schwärze mit dem Universum selbst aufnehmen konnten. Wie alle kampferprobten Pokerspieler hatte Cabria im Verlauf endloser Partien Tausende von Augenpaaren inspizieren können, und aus denen, die er jetzt vor sich hatte, schien ihm durchaus ehrliches Erstaunen zu sprechen.

»Bravo, Sie sind wirklich ein kluges Kerlchen.«

Cabria zuckte die Schultern. Ein rascher Blick auf sein beispiellos erfolgreiches Leben genügte, um festzustellen, wie recht sie mit dieser Bemerkung hatte. Auf einmal wäre er am liebsten auf direktem Weg nach Hause gegangen, um dort die Tüten abzustellen, den nächstbesten Gedichtband von Jovellanos oder Cadalso aus dem Regal zu ziehen, sich damit unter die Bettdecke zu verkriechen und beim Schein einer Taschenlampe in der Lektüre zu versinken.

»Sie haben den Auftrag abgelehnt. Sie hatten keine Lust, sich auf die Suche nach Pandora zu machen, aber ich frage mich …«

Aha, jetzt kam sie also wieder mit einer Frage, aber natürlich nicht ohne zuvor eine kleine Pause einzulegen, um die Sache spannender zu machen. Und wenn das Ganze bloß eine Inszenierung, wenn ihr Zusammentreffen im Supermarkt gar kein Zufall gewesen war? Sollte man andererseits jemandem, der gewissenhaft die Zutaten einer Packung Tiefkühlkost studierte, tatsächlich misstrauen? Wie auch immer, die einzig vernünftige Antwort lautete weiterhin: Nein.

»Helfen Sie mir, meinen Bruder zu finden, dann finden wir auch Pandora.«

Oder umgekehrt, dachte sich Cabria, verzichtete aber darauf, ihr das ins Gesicht zu sagen, er hatte keine Lust auf weitere Frotzeleien. Außerdem wurde er ständig von Fußgängern angerempelt, die sich ohne Rücksicht auf Verluste an ihnen vorbeidrängten und ihm in Erinnerung riefen, wo überall es ihm wehtat. Rückzug nach Hause war angesagt, Schuhe ausziehen und die entzündungshemmenden Mittel einnehmen, die man ihm verschrieben hatte.

»Kommen Sie morgen in mein Büro. Vielleicht so um elf.«

»Am Vormittag habe ich zu viel zu tun. Warum nicht um fünf bei mir?«

Der Detektiv zielte mit der heruntergebrannten Zigarette auf das Loch in einem Kanaldeckel. Der Stummel beschrieb unerschrocken Funken sprühend einen Halbkreis und verschwand umstandslos in der kleinen Öffnung, den Abgründen des finsteren Reichs der Ratten entgegen.

»Calle Jesús y María einundzwanzig. Wir können zusammen Kaffee trinken, und ich erzähle Ihnen, was bis jetzt geschehen ist. Passen Sie auf sich auf, Julio.«

Sie lächelte. Cabria hätte allerdings unmöglich sagen können, wie genau dieses Lächeln zu verstehen war. Anschließend hielt sie ihm eine durchscheinende Hand hin, die er, als Nadia längst um die Ecke verschwunden war, noch immer in der seinen zu spüren glaubte, während er, Körper und Seele weiterhin voll schmerzender Flecken, dastand und sich die nirgendwohin führende Frage stellte, was sie wohl in seinen Augen entdeckt und wie sie seine Hand empfunden haben mochte.

Ohne zu fackeln, haben sie sich auf dem Gehweg über ihn hergemacht, an jeder Bewegung, jedem Geräusch, jedem nicht ausgesprochenen Wort haben sie erkennen lassen, dass es ihnen sehr, sehr ernst ist. Die wenigen Passanten, die Zeugen der Szene wurden, haben es vorgezogen, sich einzureden, bei den drei Riesen in Anzügen müsse es sich um Polizisten handeln oder um Dressmen. In beiden Fällen hatten die drei jedenfalls ganz offensichtlich das Recht, ihn zu packen, zu schütteln, seinen Discman auf den Boden zu werfen und lachend darauf herumzutrampeln. Es handelt sich um Italiener oder Bewohner irgendeines anderen Landes, in dem man diese Sprache spricht, sagt er sich, völlig sinn- und zwecklos, während sein kleiner Körper in die Höhe steigt wie eine Piratenflagge, auf deren schwarzem Untergrund sich ein Totenschädel abzeichnet, der wenigstens von ferne noch an sein Gesicht erinnert.

Vitriolo denkt, es geht ans Sterben, als seine Gummilatschen die Bodenhaftung verlieren und man ihn ruck, zuck quer durch ein unbebautes Grundstück zu einer Stelle schleppt, wo sich das verdreckte Skelett eines von sämtlichen Stadterneuerungsprogrammen der letzten fünfzig Jahre unberücksichtigt gebliebenen Gebäudes erhebt.

Etwas oder jemand hinter ihm grunzt, und schon explodiert eine Faust an seinem Mund, und er wird nach hinten geschleudert, als flöge er in hohem Bogen rücklings von einer außer Rand und Band geratenen Schaukel. Seine Flugbahn bildet eine Parabel, die ihrerseits eine Frage aufwirft, die den Namen Pandora mit einschließt – welcher zumindest etwas Festes, Beständiges, Wiedererkennbares darstellt, anders als der Rest der zornentbrannten, sich überstürzenden Rede des Besitzers der Faust, die kaum eine, wenn nicht gar keine Verständigungsmöglichkeit zu verheißen scheint, dafür aber umso mehr Missverständnisse und umso geringere Aussichten auf Rettung.

Wie einen übel riechenden Müllsack hat man Vitriolo schließlich auf einen Stuhl geworfen, der einsam und verschüchtert in der Mitte eines Zimmers steht. Von der Lehne hängen schlaff die Lederriemen hinab, die die Aufgabe haben, seinen Körper aufrecht zu halten, wenn er das nach den ersten Schlägen nicht mehr von alleine kann. Die grauenerregende Aussicht ruft in sämtlichen Zellen ebendieses Körpers einen selten erlebten Aufruhr hervor. Er windet sich auf dem Sitz, während seine Augen etwas Türgriffähnliches ausmachen, allerdings in einer Entfernung, die den Versuch, sie zu überwinden, wenig angeraten erscheinen lässt.

Zur Rettung verhilft ausgerechnet sein schwaches Bein: Dass er sich, indem er sich im Fallen darauf stützte, unversehens zur Seite gedreht hat, bringt die drei Killertypen – den Anführer, der ihn auf Italienisch bedrohte, den, der sich mit gelangweilter Miene eine Zigarette anzündete, und den, der ihm ins Gesicht schlug – für einen kurzen und dennoch hinreichend langen Augenblick aus dem Konzept. Lange genug jedenfalls, damit Vitriolo erkennen kann, dass er nur noch einen halben Meter zurücklegen muss. Er braucht dafür nicht einmal ganz auf die Beine zu kommen, sich halbwegs aufzurichten, reicht völlig, und er hat zumindest die Möglichkeit, einen Fluchtversuch zu unternehmen, ja, wer weiß, den todbringenden Schlägen zu entgehen, die ihn erwarten.

Vitriolo scheint klar zu sein – er muss einfach daran glauben –, dass ein leeres Lagergebäude wie dieses hier mehr als einen Ausgang besitzt, nicht bloß den, den die drei Kerle, die sich bereits in Bewegung gesetzt haben, ihm versperren. Drei Kerle, das macht sechs Arme und sechs Beine, um ihn zu treten und zu schlagen. Doch während Vitriolo die Hand nach dem Griff der durch Feuchtigkeit und Urin und so manchen Tritt, den man ihr im Lauf der Jahre versetzt hat, stark lädierten Blechtür ausstreckt, wird ihm mit einem Mal klar, dass das Gesicht des Typen mit der Zigarette dem eines bekannten Killers aus dem Kino verblüffend ähnelt, noch erstaunter ist er jedoch, als die Tür sich zwar nicht öffnen lässt, ihr Griff sich aber mitsamt einem Stück seiner Umgebung aus dem verrosteten Blech löst, sodass eine Öffnung entsteht, die groß genug ist, um es seinem schlanken Salamanderkörper zu erlauben, sich hindurchzuwinden, ohne Rücksichtnahme darauf, ob Hosen und womöglich auch Oberschenkel von den verdreckten, scharfkantigen Rändern aufgerissen werden.

Jetzt durchquert Vitriolo einen Gang mit schmutzig gelben Wänden. An einer hängt ein stockfleckiger, alter Kalender. Als Vitriolo unter einer nackten Glühbirne hindurchläuft, die eingestaubt, aber erstaunlicherweise brennend von der Decke hängt und ein mattes Licht verbreitet, machen sich vier Schatten seiner selbst in panischem Schrecken in ebenso viele Richtungen davon, während die Birne von dem lauten Gebrüll und den an die Blechtür hämmernden Schlägen und Tritten leise zu zittern beginnt. Vitriolo kümmert sich in weiser Voraussicht nicht darum, sondern biegt umso entschlossener zuerst links um eine Ecke, um sodann voller Sportsgeist eine unbestimmte Anzahl von Stufen zu erklimmen, an deren Ende er in einen sehr kalten und sehr toten großen Saal gelangt. Ein Aktenschrank und zwei Tische halten hier die Erinnerung daran wach, dass dies früher einmal ein Büro gewesen ist.

Vitriolo versucht, die wenige Luft, die er einzuatmen imstande ist, in seine Lungen zu pressen, und erlaubt sich einen flüchtigen Blick durch die zerbrochene Scheibe eines der Fenster des Saals. Zu seiner Zufriedenheit stellt er fest, dass sein Orientierungssinn weiterhin so unfehlbar ist wie der einer Ratte. Unten erblickt er, wie erwartet, den Eingang zu der Lagerhalle, in die man ihn sehr zu seinem Leidwesen kurz zuvor geschafft hat. Dort, sagt sich Vitriolo, steht bestimmt immer noch einer der Killertypen, der Doppelgänger des Schauspielers, und raucht, während die anderen zwei sich wohl kaum zu einer Partie Tute niedergelassen haben werden.

Er stößt einen spitzen Schrei aus – eigentlich wollte er bloß richtig ausatmen –, stürzt aus dem Zimmer und verschwindet gerade noch rechtzeitig im nächsten Gang, bevor ihn seine beiden Verfolger zu sehen bekommen. Zwei Hünen, richtige Athleten, sagt sich Vitriolo, allerdings ohne den leisesten Vorwurf gegen den eigenen Körper, der ihm nun zu verstehen gibt, dass seine Beine ihn nicht mehr allzu weit tragen werden.

Die Angst, echte, elementare Angst, lässt ihn jedoch allen Türen, die sich ihm in den Weg stellen, einen heftigen Stoß versetzen, woraufhin diese widerstandslos den Durchgang freigeben, bis er sich zuletzt in einem dunklen Kämmerchen zu Boden fallen lässt, wo es nach tierischen und menschlichen Ausscheidungen riecht. Er robbt zwischen zwei Haufen aus Schutt und den Innereien aller möglichen ausgeweideten elektrischen Apparate und erlaubt seinem Körper nun endlich, alles von sich zu geben, was er bis dahin zurückgehalten hat, und saugt gleichzeitig gierig Luft ein, bis er fast ohnmächtig wird. Jetzt ist ihm alles egal.

Vitriolo weiß genau, dass derlei Fang-mich-doch-Spielchen zu nichts Gutem führen, dass die beiden Gorillas es ihm mit einer Extraportion Schlägen heimzahlen werden, dass sie seinetwegen haben rennen müssen und ganz außer Atem sind und dass sich ihre Laune bestimmt nicht bessern wird, wenn sie ihn jetzt gleich entdecken, schließlich teilt sein unfehlbares Gehör ihm mit, dass Schritte und keuchende Atemzüge immer näher kommen, ja praktisch die Türschwelle erreicht haben.

Da jedoch spannt sich sein Trommelfell: In der Ferne lässt sich plötzlich ein langes, klangvolles, wohltönendes Pfeifen vernehmen, woraufhin Vitriolo keine zwei Meter entfernt jemanden fluchen und mit der Faust an die Wand schlagen hört. Anschließend entfernen sich dieselben sehr entschlossen auftretenden Schritte der beiden wohlgenährten Monster, bis im Gang Ruhe einkehrt.

Obwohl Vitriolo nicht weiß, wem er danken soll, weint er jetzt. Und solange er weint, glaubt er wieder an Gott und seine Vorfahren und an das unschuldige Kind, das er einst gewesen ist, wie auch an den gutmütigen hinkenden Alten, der er eines Tages bestimmt sein wird.

Als er eine Stunde später wieder auf die Straße tritt, sagt er sich dafür mit einem Lächeln, dass der eine von den Arschlöchern genau, aber wirklich haargenau so aussah wie dieser reizende Killer aus dem Kino.

9

Die Bewohner der Marianeninseln kannten das Feuer nicht und konnten sich seiner folglich auch nicht bedienen. Cabria hatte im Bett die für seinen Brustkorb am wenigsten schmerzhafte Lage eingenommen und seine flache Atmung dem Rhythmus des Prosatextes angepasst, der wie eine warme Meeresströmung unter seinen Augen dahinglitt. *Rohe Wurzeln, Früchte und Fische waren ihre einzige Nahrung, und doch waren sie gesünder und kräftiger als wir. Es war bei ihnen nichts Besonderes, wenn einer hundert Jahre alt wurde.* Das Kissen, das er sich in den Rücken gestopft hatte, gab ihm gleichzeitig festen und sanften Halt. Die Decke hatte er bis zum Kinn hochgezogen, allerdings zwei Öffnungen für die Hände freigelassen, in denen er das Buch, eine Zigarette und ein Glas Torres 10 balancierte. *Wer hätte gedacht, dass menschliches Leben auch ohne dieses angeblich unverzichtbare Element möglich sein, ja, dass es eine ganze Nation geben könnte, die ohne es auskommt?* Auf einmal hörte Cabria so deutlich, wie es nur in der Stille der frühen Morgenstunden möglich ist, dass die Wohnungstür aufging. *Und doch lebten die Bewohner jener Inseln glücklich und zufrieden. Dass ihnen etwas fehlte, spürten sie nicht, schließlich wussten sie nicht um die Existenz des Feuers.* Cabria konnte die Schritte mehrerer Personen erkennen. Er klappte den Band mit Essays von Feijoo zu und drückte die Zigarette aus.

Erst einige Zeit darauf erschien im Türrahmen ein im Dämmerlicht jenseits der Reichweite von Cabrias schwacher

Nachttischlampe nicht identifizierbares Gesicht, zu dem ein massiger Körper gehörte, der sich noch eine Weile später wortlos am rechten Rand von Cabrias Bett niederließ. Gleich darauf folgte ein kleines Köpfchen, das auf einem mit einem Anzug bekleideten Körper saß, dem Beispiel seines Vorgängers und nahm, ebenfalls schweigend, die linke Bettseite in Besitz. Da wusste Cabria allerdings längst, was gespielt wurde.

»Um diese Uhrzeit gewähre ich niemandem Audienz.«

»Ha, ha, ha«, buchstabierte Chrysostomus' volle Stimme.

Das Deckenlicht wurde eingeschaltet, und Cabria blinzelte noch, als auf einmal die Gestalt von Botines am Ende seines Bettes stand. Er war in einen grauen Mantel gehüllt und stützte sich auf seinen eleganten Elfenbeinstock.

»Sie haben mich selbst herbestellt.«

»Anrufen hätte völlig gereicht. Jetzt ist es drei Uhr morgens.«

»Und Sie sind noch wach. Und ich möchte wissen, wie Sie vorankommen.«

Cabria richtete sich mühsam auf. So lachhaft es wirken mochte – dass niemand auf die Idee kam, zu fragen, weshalb sein eines Auge geschwollen war, kränkte ihn. Er zündete sich eine neue Zigarette an und betrachtete die unwirklich scheinenden Gesichter seiner Besucher.

Alle vier rauchten, ohne ein Wort zu sagen. Während sich im Zimmer eine immer dichtere graugrün wabernde Wolke bildete, bemühte sich Cabria, das, was sein Bruder ihm über Don Andrés Escribano erzählt, und das, was er in den Zeitungsartikeln, die ihm ebenfalls sein Bruder ausgehändigt hatte, über den Tod von Botines' Männern gelesen hatte, in Übereinstimmung zu bringen. Auch wenn die Art und

Weise und vor allem die Uhrzeit, zu der die drei sich bei ihm eingestellt hatten, völlig absurd waren, wäre es noch unsinniger gewesen, sie fortzuschicken, ohne die Sache besprochen zu haben. Also sagte er langsam und vorsichtig und darum bemüht, durch die Rauchwolke hindurch Botines' glänzende Augen auszumachen: »Kann ich vor den beiden offen reden?«

Die zwei, von denen die Rede war, funkelten ihn böse an. Ihr Anführer hob nur kurz das spitz zulaufende und spiegelglatt rasierte Kinn, und Cabria sprach weiter.

»Da ist zunächst einmal diese Pandora. Sie konnten Sie gar nicht vermissen, weil Sie sie überhaupt nicht kennen.«

Botines lächelte, woraufhin zwei scharfe Eckzähne zum Vorschein kamen. Zugleich umklammerte er mit beiden Händen seinen Stock. Wer A sagt, muss auch B sagen, sagte sich Cabria und setzte den Bluff fort.

»Sie haben sie noch nie gesehen, nicht einmal ein Bild von ihr. Sie haben keine Ahnung, wer Pandora ist. Alles, was Sie wissen, ist, dass drei Ihrer Leute grausam ums Leben gekommen sind, nur weil sie nach ihr gesucht haben. Ich bestreite gar nicht, dass Ihnen aus irgendeinem Grund daran gelegen ist, sie zu finden. Aber um Liebe geht es dabei bestimmt nicht, jedenfalls nicht um Liebe zu Pandora. Ehrlich gesagt, Ihre sex ...«

Mit einer raschen Bewegung ließ Botines den Elfenbeinstock einen Viertelkreis beschreiben, woraufhin die Rauchwolke erschrocken aufwirbelte und sich ganz oben unter der Zimmerdecke zusammenballte. Folgsam wie zwei Gottesdienstbesucher erhoben sich seine beiden Begleiter und nahmen in Erwartung weiterer Anweisungen zerknirscht zu beiden Seiten von Cabrias Bett Aufstellung.

»Ihr wartet unten auf mich, an der Haustür«, lautete der Bescheid.

Beide verließen das Zimmer. Botines richtete die schwarze Stockspitze direkt auf den Detektiv und spuckte ganz langsam eine Reihe von Wörtern aus: »Kein Wort über meine sexuellen Neigungen, verstanden? Es könnte Sie das Leben kosten, das dürfen Sie mir glauben.«

Cabria zweifelte nicht daran. Er steckte zwei Finger in die knisternde Zigarettenschachtel in der Hoffnung, noch eine letzte Ducados zu finden, aber die gerade erst zu Ende gerauchte war die allerletzte gewesen. Umso genüsslicher steckte Botines sich daraufhin eine neue More an. Solch lange dünne Glimmstängel sind nur was für feine Dämchen, sagte sich Cabria und verzichtete darauf, Botines um eine zu bitten. Der ließ es sich seinerseits nicht einfallen, ihm eine anzubieten.

»Tut mir leid, aber Sie wissen ja: Arzt, Detektiv und Anwalt haben ein Recht darauf, dass man ihnen nichts verschweigt.«

Andrés Escribano hatte sich mittlerweile neben dem Kopfende des Bettes auf einem Stuhl niedergelassen und hüllte sich vorerst in düsteres, gedankenverlorenes Schweigen. Seine blitzblank polierten Schnürstiefel auf dem Bettvorleger erinnerten Cabria unwillkürlich an zwei silbrig glänzende Fische, die sich zwischen den dunklen Steinen auf dem Grund eines Flusses verstecken.

»Es ging darum, diese Pandora zu finden. Ob sie meine Freundin ist oder nicht, schien mir für Ihre Nachforschungen keine Rolle zu spielen. Ich halte mich nun mal nicht gerne mit überflüssigen Erklärungen auf. Außerdem gehöre ich nicht zu der Sorte von Männern, denen es Spaß macht, in die Welt hinauszuposaunen, dass sie auf andere Männer stehen.«

Botines' Atem ging schleppend, jedes Mal, wenn er Luft holte, war ein pfeifendes Geräusch zu vernehmen.

»Überdrehte Fräulein, Berufstunten, Homos mit bunten Latschen und Achselshirts kann ich nicht ausstehen. Lauter geile Säcke, die sich von der Mode vorschreiben lassen, wie sie sich anziehen und benehmen sollen. Fitnessprolls. Salonschwuchteln. Die wissen ja gar nicht, was ein richtiger Mann ist, und sie werden es auch nie wissen. Mit diesem Gesindel will ich auf keinen Fall in einen Topf geworfen werden.«

Botines kniff die Augen zusammen, sodass sich seine Stirn und die Schläfen in Falten legten, in denen sich kleine glitzernde Schweißtröpfchen sammelten.

»›Sexuelle Neigungen‹, so drücken sich nur Leute aus, die sich für besonders fortschrittlich halten, dabei sind sie bloß oberflächlich. Bei mir konnte von einer Wahl zwischen irgendwelchen Neigungen nie die Rede sein. Ich habe mir nie vorstellen können, neben einem menschlichen Körper zu liegen, der meinem nicht gleicht. Und ich habe es mir auch nie nehmen lassen, einen treuen Begleiter zur Seite zu haben, selbst zu Zeiten und an Orten, wo das verdammt gefährlich sein konnte. Niemals.«

Das letzte Wort löste sich in einem unverständlichen Seufzer auf, kaum dass es Botines' Mund verlassen hatte, ja, eigentlich hatte es von vornherein darauf verzichtet, sich zu einem richtigen Wort zu formen. Gleichzeitig ließ Botines den Kopf auf die Brust fallen, als hätte ihn ein Schwerthieb im Nacken getroffen. Sein Körper hielt sich jedoch weiterhin aufrecht, stützte sich stolz auf den Knauf seines Stocks, den zwei Hände umklammerten, unter deren dünner Haut sich die weißen Knöchel hin und her bewegten wie blinde Augen auf der Suche nach Licht.

Cabria wollte ihm schon ein Glas Cognac anbieten, als ihm einfiel, dass ihm selbst keine Zigarette angeboten worden war. Und auch nach dem Grund für den Zustand seines Auges hatte sich niemand erkundigt. Er wollte das soeben Gehörte herunterspielen, in den Bereich der zahllosen Banalitäten verweisen, die ihm im Lauf eines Tages begegneten. Doch Botines' Worte hatten etwas von der erschöpften Würde und naiven Wahrhaftigkeit eines großen Vogels, der sich am Strand durch den Ölschlamm kämpft, wenn wieder einmal die schwarze Flut zugeschlagen hat. Kaum hatte Cabria schließlich zu reden begonnen, bedauerte er auch schon, was er sagte: »Sie bezahlen mich dafür, dass ich für Sie Detektiv spiele. Von psychiatrischer Betreuung war nie die Rede.«

Der Alte knirschte mit den Zähnen, während sich sein ganzer Körper verkrampfte, als bliese ihm plötzlich von allen Seiten ein eiskalter Wind entgegen. Mehrere Sekunden lang galt Cabrias einziger Gedanke der Frage, welche Stelle seines zerschundenen Körpers der Schlag treffen werde und ob es eine Möglichkeit gab, ihm auszuweichen oder ihn abzumildern oder gar zu erwidern.

Doch unterdessen war alle Verdüsterung von Botines abgefallen, und er war wieder ganz die gewohnte, selbstsichere und elegante Erscheinung, die, jetzt kerzengerade aufgerichtet am Fußende von Cabrias Bett, auf diesen herabsprach: »Sie haben recht, als Detektiv sind Sie mir wesentlich nützlicher. Vielleicht kann ich Ihre Fragen nun auch so beantworten, wie es sich für einen anständigen Kunden gehört.«

»Wann hat man Ihnen zum ersten Mal von Pandora erzählt?«

»Letztes Jahr, im Dezember. Einer meiner Leute hat damals was aufgeschnappt, über eine Italienerin, ich glaube aus Neapel, die nach Madrid kommen sollte, ins Stadtzentrum, irgendwann im Februar. Zur Plaza de Tirso de Molina. Angeblich hieß sie Pandora und verfügte über irgendwelche Informationen. Es ging um ziemlich viel Geld. Richtig viel.«

»Das war alles?«

»Weniger hat schon die mächtigsten Männer ins Wanken gebracht.«

»Von wem kam die Geschichte?«

»Von einem gewissen Vitriolo.«

Vitriolo. Cabria überlegte. Da ihn dabei keine Zigarette unterstützte, begann er, mit den Fingern auf dem Einband von Feijoos *Teatro crítico universal* zu trommeln.

»Und da haben Sie Ihren Sekretär losgeschickt, damit der Pandora findet, aber er ist nie mehr aufgetaucht. Und Sie haben gleich zwei Leute hinterhergeschickt, statt die Finger von der Sache zu lassen, obwohl damit offensichtlich nicht zu spaßen war. Und das alles nur aufgrund eines Gerüchts.«

»Die Sache schien völlig ungefährlich. Was soll schon dabei sein, wenn man irgend so eine dumme Ziege aufspürt?«, murmelte Botines. »Außerdem hörte sich das Ganze wirklich vielversprechend an. So arbeiten wir eben in unserer Branche. Ständig schwirren irgendwelche Gerüchte in der Gegend herum, man muss sie nur richtig zu packen bekommen. Oft genug zahlt sich das aus. Drogensendungen, gefälschte Papiere, groß angelegter Betrug, Menschenhandel, Informationen, die für Politiker, Börsenmakler, Journalisten oder Unternehmer interessant oder bedrohlich sein können … Sie wissen schon, für all diese Leute, die in Anzug und mit Schlips im Fernsehen auftreten und den anderen Ratschläge erteilen. Was jedenfalls von Vitriolo kommt, stimmt praktisch immer. Und von möglichen Schwierigkeiten hatte er nichts erwähnt. Aber wie gesagt: Man muss schon entschlossen und mit Lust zur Sache gehen, wir sind schließlich kein Wohltätigkeitsverein.«

»Und ich bin nicht Ihr Beichtvater.«

Botines zuckte die Schultern und sah sich suchend nach einem Aschenbecher um. Als er auf Cabrias Nachttisch fündig wurde, drückte er seine zu Ende gerauchte Zigarette aus, während Cabria mit überraschend sanfter Stimme weitersprach: »Diesmal ist es jedenfalls gründlich schiefgegangen. Nachdem drei Ihrer Jungs brutal aus dem Weg geräumt worden waren, haben Sie sich endlich überwunden, trotz Ihres natürlichen und nur zu verständlichen Widerwillens zur Polizei zu gehen. Aber die Bullen waren Ihnen gerade keinen Gefallen schuldig, oder ihnen gefällt einfach Ihre Nase nicht. Jedenfalls haben sie Ihnen nicht weitergeholfen. Da haben Sie sich einen Privatdetektiv genommen, der sich im Viertel auskennt und weiß, wie die Dinge hier laufen. Weil Sie jetzt nur noch eins im Kopf haben: Sie hassen diese Pandora und die Typen, die sie beschützen, und Sie wollen sich rächen.«

Botines hatte bereits kehrtgemacht und ging nun, auf seinen Stock gestützt, mit müden Schritten in Richtung Zimmertür. An der Schwelle angekommen, fragte er, ohne sich umzudrehen: »Kann ich mich auf Sie verlassen? Werden Sie tun, wozu ich Sie beauftragt habe?«

»Warum nicht? Solange Sie mich bezahlen … Übrigens wäre es mir lieber, ich bekomme das Geld wochenweise. Ich sehe mich nicht gern als Tagelöhner. Außerdem stört es mich bei der Arbeit, wenn jeden Tag jemand mit dem Salär vorbeikommt. Das bringt mich aus dem Rhythmus. Und was das Spielen angeht: In der letzten Zeit erlaube ich mir das ja kaum noch, wie Sie sehen.«

Botines nickte und verschwand im Halbdunkel des Wohnzimmers, ohne noch etwas zu sagen. Cabria hörte, wie die Wohnungstür hinter ihm zufiel, und wusste in den nächsten Minuten weder, worüber er nachdenken sollte, noch fiel ihm eine Melodie ein, die er hätte pfeifen können, noch ein passender Fluch und schon gar nicht eine Körperstelle, an der er sich hätte kratzen wollen. Also machte er vorerst nichts anderes als warten.

Und tatsächlich, irgendwann ließ sich wieder die Tür vernehmen, und gleich darauf hörte er Schritte, die sich seinem Schlafzimmer näherten, und zuletzt, um das Déjà-vu komplett zu machen, erschien erneut die Gestalt von Segundo, der einen Briefumschlag auf den Stuhl neben Cabrias Bett legte. Der Riese sah ihn streng an. »Mann, Mann, Mann! Du solltest wirklich ein bisschen besser auf dich aufpassen …«

»Danke für die Anteilnahme. Aber du hast nicht zufällig eine Zigarette für mich?«

Segundo hielt ein Päckchen Habanos in die Höhe, Cabrias drittliebste Zigarettenmarke. Der Detektiv strahlte wie ein Kind, dem man gerade einen neuen Drachen geschenkt hat.

»Hast du das Buch gelesen, das ich dir geliehen habe?«, fragte Segundo, zündete sich eine Habanos an und stieß genüsslich den Rauch aus.

Cabria erinnerte sich. Die *Hundert Gründe, weshalb sich das Leben lohnt* lagen wohlverwahrt in einer der Schubladen seines Schreibtischs. »Hab mal reingeschaut … Die ersten Seiten waren ganz interessant …«, log er wenig überzeugend.

»Und worum gings da?«, fragte Chrysostomus unerbittlich und machte erneut einen langen Zug an seiner Habanos.

»Ich hab einfach noch keine Zeit gehabt, richtig reinzuschauen. Komm, gib mir jetzt eine Kippe …«

Segundo griff nach dem Essayband von Feijoo und blätterte eine Zeit lang missmutig darin herum. »Für andere Sachen scheinst du sehr wohl Zeit zu haben«, sagte er schließlich, stand auf und ging grußlos hinaus. Cabria sollte ihn erst eine Woche später wiedersehen.

Der Detektiv wusste im ersten Augenblick nicht, ob er ihm einen lauten Fluch hinterherschicken oder aber aus dem Bett springen und sich im Schlafanzug vor ihm auf die Knie werfen und ihn um eine Zigarette anflehen solle, seine Verblüffung war einfach zu groß. So ballte er schließlich nur die Fäuste und biss sich verzweifelt auf die Unterlippe.

Bis ihm einfiel, dass er mit ein wenig Geduld und Geschick aus den Tabakresten, die die zahllosen Stummel in seinem Aschenbecher enthielten, ohne Weiteres zwei, drei Glimmstängel würde herstellen können.

Selten hatte ihm eine Zigarette besser geschmeckt, und mit ihrer Hilfe las er bis um sechs Uhr morgens weiter.

10

Scheiße, Scheiße, Scheiße, oh du meine süße Scheiße, summte Meléndez in Abwandlung eines bekannten Schlagers vor sich hin, um seinem Ärger über den strahlenden Morgen, den Madrider Autoverkehr und den Tag, an dem er zur Welt gekommen war, Ausdruck zu verleihen. Der beschissene Kaffee und die Churros, die er in Gesellschaft von Kommissar Subirats zum Frühstück zu sich genommen hatte, drehten sich ihm im Magen herum und folgten damit dem Beispiel von Meléndez' Wagen, der so ziel- wie zwecklos die gebeutelte Plaza de Tirso de Molina umkreiste, während seinem Besitzer immer schwindliger wurde. Zu allem Überfluss wurde das neurotische Herumgekurve derweil in seinem Kopf von so herzerwärmenden Vorstellungen wie vorzeitigem Ruhestand, einer freudlosen Hochzeit und dem trostlosen Alter begleitet.

Nachdem Meléndez Subirats gestanden hatte, dass er mit den geheimnisvollen Italienern aus dem Madrider Stadtzentrum noch keinen Schritt weitergekommen war, hatte der Trottel seinem miserablen Ruf alle Ehre gemacht und sich ganz als der bräsige, gnadenlose Typ gezeigt, als den ihn alle kannten. Ohne mit der Wimper zu zucken, hatte er Meléndez um die Ohren gehauen, was er bei ihrem letzten Treffen noch milde angedeutet hatte: dass Meléndez erledigt sei, dass er seinen Vorgesetzten nicht das Geringste zu bieten habe, dass das Leben ein Kommen und Gehen sei und er, Meléndez, jetzt zu denen gehöre, für die es hieß: Ciao! Denn sobald er, Subirats, nun von hier aufbräche, würde er umgehend seinen Bericht an die Personalverwaltung weiterleiten, in dem unmissverständlich zum Ausdruck kam, dass niemand im Kommissariat Leganitos noch irgendeine Verwendung für Meléndez hatte.

Hätte die Unterredung in Subirats' Büro stattgefunden, hätte Meléndez ihm im Gegenzug durchaus zwei, drei Wahrheiten an den Kopf geworfen. Sein Chef war jedoch schlau genug gewesen und hatte die galicische Bar As Meigas gleich gegenüber dem Kommissariat für ihr Treffen gewählt. Meléndez gehörte nicht bloß zu den Stammkunden, sondern war hier auch als eiskalter Vollstrecker bekannt, der nie die Ruhe verlor. Er machte also gute Miene zum bösen Spiel und lächelte unentwegt, allerdings käsiger denn je, abgesehen davon, dass er zweimal scheinbar ungerührt auf der Toilette verschwand, um, leider ergebnislos, den Kaffee und die widerlichen Churros herauszuwürgen, die sein aufgewühlter Magen immer wieder nach oben presste. Während er dort in dem säuerlichen Geruch der Toilettensteine stand und im Spiegel über dem Waschbecken sein Gesicht betrachtete, blitzte plötzlich das Silberkettchen mit dem Schlüssel an seinem Hals auf und erinnerte ihn daran, dass ein letzter schwacher Hoffnungsschimmer bestand, schließlich war er noch am selben Tag mit Detektiv Cabria verabredet.

Im leichten Walzerschritt tänzelte er danach zur Theke zurück, ließ nicht zu, dass Subirats das Frühstück bezahlte, und machte seinen womöglich letzten großen Einsatz in dem Spiel, das man Leben nennt: »Chef, hiermit schwöre ich feierlich: Wenn ich Ihnen bis heute Nachmittag um drei nichts Brauchbares auf den Tisch lege, unterschreibe ich vor Ihren Augen meinen Antrag auf vorzeitige Pensionierung.«

Subirats musterte ihn gleichgültig aus der Tiefe seiner blauen Augen, als betrachtete er ihn ohnehin nicht mehr als einen der Ihren, ja, als gehörte er schon seit Langem einer weit entfernten Vergangenheit an. »Meinetwegen, Goyo. Schließlich soll es später nicht heißen, du hättest deine Chance nicht bekommen«, lautete das großherzige Zugeständnis der Pastete.

Das war um fünf nach elf. Blieben also noch drei Stunden und fünfundfünfzig Minuten bis zu Meléndez' vorzeitigem Ruhestand, Untergang, Exitus – es sei denn, ein spielsüchtiger, alkoholabhängiger und mit weiteren derlei schmeichelhaften Charakteristika ausgestatteter Detektiv lieferte ihm etwas, womit sich der unersättliche Appetit seines Chefs wenigstens für ein Weilchen befriedigen ließ.

Irgendwann gelang es Meléndez, den Wagen in der Calle Magdalena unmittelbar vor einem Möbelgeschäft abzustellen. Angesichts der im Schaufenster ausgestellten Einrichtungsgegenstände, die im skandalös hellen Morgenlicht nur so blitzten, fiel ihm ein, dass er am Nachmittag mit seiner zukünftigen Gattin verabredet war, um sich nach einer Couchgarnitur und einem Kleiderschrank umzusehen, zwischen denen sich ihre neue Zweisamkeit abspielen würde. Seinen Gedanken nachhängend, machte er sich auf den Weg zu Marianos Bar, wo Cabria bereits an einem der Tische auf der vollen Terrasse saß, mit der Mariano nach der Umgestaltung der Plaza de Tirso de Molina sein Lokal erweitert hatte.

Wie Meléndez bereits festgestellt hatte, öffnete die Bar seit diesem erfolgreichen Ausbau längst nicht mehr so früh wie zuvor, und es waren auch deutlich weniger Hühnerleichen, Kutteln, Hirne und sonstige Innereien in der Auslage zu sehen. Dafür trugen die Kellner jetzt Schwarz und hatten lange bordeauxrote Schürzen umgebunden, während die Preise mit weißer Kreide auf nagelneuen olivgrünen Tafeln ausgewiesen wurden.

Meléndez setzte sich neben den Detektiv und bestellte ein Bier. »Heute Nachmittag bin ich mit deiner Ex verabredet. Wir gehen Möbel kaufen.«

Cabria sah von seinem Kreuzworträtsel auf. »Mein herzliches Beileid. Ich sag dir, das wird grauenvoll.«

»Schon gut. Aber jetzt sag mir mal etwas, was ich gerne höre, was mich so richtig glücklich macht.«

»Senkrecht, sechs Buchstaben, Anfangsbuchstabe F«, erwiderte Cabria und wandte sich wieder dem Kreuzworträtsel zu.

»Fickdich.«

»Zu lang.«

Meléndez war jedoch nicht zu Späßen aufgelegt, und das brachte er umgehend zum Ausdruck, indem er das gerade erst vom Kellner gebrachte Bier genüsslich über dem Kreuzworträtsel auskippte. Cabria brauchte eine Weile, bis er die Augen von dem faszinierenden Anblick der überfluteten Kästchen lösen konnte, deren Buchstaben im fröhlich Bläschen werfenden Gerstensaft zu schwarzen Flecken verschwammen.

»Ich brauch was, was mir Mut macht, Schnüffelnase. Also, schieß los, oder ich erzähle noch heute, was aus dem Geld von diesem Bausparkonto geworden ist«, zischte der Polizist.

»Wir hatten ausgemacht, dass du meiner Ex frühestens Anfang November was sagst.«

Meléndez bleckte hämisch die Hasenzähne. »Ja, aber von deiner Tochter war nicht die Rede.«

Schweinerei, sagte sich Cabria ernüchtert. Er rückte seine

Brille zurecht und steckte den Kugelschreiber in die Brusttasche seiner Jacke. »Also gut. Dezember Zwotausendsieben, im Portón. Der Vitriolo.«

Meléndez gab ihm mit einer Handbewegung zu verstehen, er solle warten. Dann zog er hastig sein Notizbuch hervor und einen Bleistift, dessen Spitze er mit der Zunge anfeuchtete, bevor er zu schreiben anfing.

»Vitriolo«, fuhr Cabria fort, »hat die Antennen ausgefahren, wie immer, und hört etwas von einem Mädchen aus Neapel, eine gewisse Pandora. Sie soll Mitte Februar mit wertvollen Informationen nach Madrid kommen, ins Zentrum. Vitriolo verkauft diese Neuigkeit Botines, einem Mittelklassegangster, der hier in der Gegend tätig ist. Der Typ glaubt, die Sache könnte sich lohnen, und schickt deshalb seinen persönlichen Sekretär los. Ein schlimmer Fehler, der den Sekretär das Leben kostet, nach vorheriger ausgiebiger Folter. Du kennst die Geschichte. Für Botines ist das ein äußerst schmerzhafter Verlust, also schickt er noch zwei seiner Leute auf den Weg. Mit dem gleichen Ergebnis.« Cabria zündete sich eine Zigarette an und blies den Rauch in den Madrider Himmel.

»Ist das alles?«

»C'est tout.«

»Und was sagst du dazu?«

Cabria zuckte die Schultern. »Da gibt es irgendjemanden mit Namen Pandora, und der steht unter dem Schutz einer größeren Organisation. Oder ebendiese Organisation sucht nach einer Frau, die Pandora heißt. Und die ist so wertvoll, dass jeder, der ihr zu nahe kommt, zugrunde geht wie eine Motte, die in eine Kerzenflamme fliegt.«

Heute mal wieder ganz der Dichter, wollte Meléndez

schon sagen. Doch da heftete sich sein Blick, der bis dahin ziellos über den Platz geschweift war, auf eine in Bewegung befindliche Gestalt. Allerdings war aus der Entfernung nicht zu erkennen, ob sie näher kam oder in die Gegenrichtung unterwegs war. Für einen Moment schob sich eine Wolke vor die Sonne, und nun wurde klar, dass der oder die Betreffende die Terrasse von Marianos Bar ansteuerte.

Meléndez reckte den Hals, schirmte seine Augen ab und kniff diese zusammen, um sein visuelles Potenzial vollständig ausschöpfen zu können. Cabria hatte die Fernsichtbrille zu Hause gelassen und musste folglich einige Sekunden warten, bis er die unverwechselbare Gangart, die über den Boden schleifenden Latschen, das grauenvolle Hemd und den Pferdeschwanz identifiziert hatte, der traurig und schlaff wie Algen von einem Gullydeckel herabhing.

Meléndez und er sahen sich überrascht an. Nicht weniger überrascht war Vitriolo, als er nur noch ein kleines Stück von ihrem Tisch entfernt den Blick hob und sich auf einmal ihren fassungslosen Gesichtern gegenübersah. Erstaunen, Angst, Hoffnung, je nachdem, blitzte in den drei Augenpaaren auf.

Vitriolo brauchte nicht lange, um einzusehen, dass er in dieser Situation denkbar schlechte Karten hatte. Für einen kurzen Moment überlegte er noch, die Flucht zu ergreifen, aber mehr als einen leichten Hüftschwung brachte er nicht zustande. Die anderen beiden blieben in aller Ruhe auf ihren Stühlen sitzen und gaben Vitriolo so zu verstehen, dass der bloße Gedanke, er könne vor ihnen davonlaufen – er, der sich ohnehin auf der Flucht befand –, unsinnig war. Vitriolo seufzte ergeben und breitete zum Zeichen, dass er seine Niederlage eingestand, die Arme aus.

»Sie haben mich nach Strich und Faden vermöbelt«, fasste er das Vorgefallene kurz und bündig zusammen.

Meléndez und Cabria nickten. Allerdings war dies nicht der Ort, um so gewichtige Angelegenheiten zu behandeln. Zudem verbarg sich hinter der spektakulär angeschwollenen Visage Vitriolos womöglich die Lösung weiterer nicht weniger rätselhafter Geheimnisse. Der Polizist legte einen Geldschein auf den Tisch, während Cabria seine Zigarette auf der bierdurchtränkten Zeitung ausdrückte.

Einen kurzen Augenblick standen alle drei schweigend da. Die Wolke, die sich vor die Sonne geschoben hatte, setzte ihren Weg ins Nirgendwo fort, und der Platz lag wieder im hellen Sonnenlicht.

Dann gingen sie los, vorneweg Vitriolo, gefolgt von den anderen beiden, in Richtung Portón.

Die eine Hand am Stiel des Schrubbers, hielt César das Buch mit Daumen und Zeigefinger der anderen Hand vor sich in die Höhe, als hätte er soeben in seiner Käfersammlung ein so seltenes wie seltsames Exemplar entdeckt, das gar nicht dorthin gehörte. Er las mit einem Ausdruck unbehaglichen Erstaunens, was auf dem Rücken geschrieben stand: *Spanische Gedichte des 18. Jahrhunderts.* Wie war denn das zwischen seine Bände mit Liebeslyrik gelangt? Nicht auszudenken, welche Wirkung die Lektüre solcher Verse bei seinen jungen Freundinnen hervorrufen konnte.

Er legte das Buch auf die Theke und schlug es aufs Geratewohl auf. Als er die Empfehlungen eines gewissen Benegasi zur Kenntnis nahm, sträubten sich ihm sämtliche Haare: »Immer sittsam sich vergnügen, / stets ein gutes Buch zur Hand, / Amors Pfeilen sich erwehren, / nie den Lüsten freien

Lauf gewähren.« Hastig blätterte er weiter, und ihm stockte der Atem, als die vier Reiter der lyrischen Apokalypse unerbittlich auf ihn zustürmten: »Als zarter Knabe einst / mit der lieblichen Dorila ich / im Walde spazieren ging, / Blumen pflückend rings im Kreise.« Aus purer und auch ein wenig lüsterner Neugier wollte er schon weiterlesen, doch da stellte er fest, dass sich etwas vor die Lichtquelle, die bis zu diesem Augenblick den frisch gewischten Boden hatte glänzen lassen, geschoben hatte.

Er sah auf und entdeckte tatsächlich drei Silhouetten wie aus einem Schattentheater, die reglos auf der anderen Seite der gläsernen Eingangstür standen. Zwei von ihnen kamen ihm bekannt vor, die dritte wiederum fing nicht nur an, mit einem Metallgegenstand leise an die Scheibe zu klopfen, sondern sie verfügte auch über die Fähigkeit zu sprechen.

»Mach auf, verdammt. Los, mach auf.«

César warf einen Blick auf die Uhr und ging dann in aller Ruhe zur Tür – es war erst zwanzig vor eins. Als er aufgeschlossen hatte, trat er zur Seite, um die Prozession der heiligen Verhaftung einzulassen. Vorneweg Vitriolo, mit versteinertem Gesicht über seinen wenigen, ausgefallenen Kleidungsstücken; hinter ihm Julio Cabria, eine Zigarette im Mund und die Augenbrauen skeptisch hochgezogen, was jedem, der es wahrhaben wollte, eine zweideutige Botschaft übermittelte, und als Abschluss Meléndez, der sich die Hände rieb und ein höchst beunruhigendes schiefes Lächeln zur Schau stellte, während er aus dem einen Mundwinkel einen böse zischelnden Singsang ertönen ließ: »Césarlein, hübsch das Türchen zu, den Vorhang auch, dann den Keller auf – erst unten geb ich Ruh.«

Wie der Kellner feststellte, hatte Meléndez als Einziger

kein geschwollenes Gesicht, und das musste etwas zu bedeuten haben. Folgsam, aber keineswegs unterwürfig, zog er den Vorhang vor der Eingangstür zu und schritt ohne ein Wort zu sagen seinen Besuchern voran in den hinteren Bereich des Lokals.

Als sie den feuchten Getränkekeller betraten, überlief sie ein Schauer, aber jeden aus einem anderen Grund: Im Fall von Meléndez, der umgehend anfing, Kisten und Stühle beiseitezuräumen, lag es nur an der dumpfen Kälte, die in der Katakombe herrschte. Vitriolo ließ den Blick voller Selbstmitleid über die unverputzten Ziegelwände und die Glühbirne gleiten, die lustlos und traurig wie sein Pferdeschwanz an einem Kabel von der Decke hing. César sagte sich, ein erwachsener Mensch, der die Möglichkeit hatte, oben an der Theke seiner Bar zu stehen oder draußen auf der Straße herumzuspazieren, und trotzdem einen Ort wie diesen muffigen Kellerraum vorzog, musste entweder krank sein oder Schlimmes im Schilde führen. Cabria wiederum zündete sich eine Zigarette an und überlegte, mit welchen Argumenten sich vielleicht noch aufhalten ließe, was ihm unausweichlich bevorzustehen schien.

»Césarchen, geh doch mal rüber zum Chinesen und kauf einen Stapel große, flache Teller, die ein bisschen was aushalten«, befahl Meléndez, zog seine Jacke aus und legte sie gefaltet auf eine Kiste.

Als der Kellner, unter seiner Last keuchend, mit dem Gewünschten zurückkehrte, hatte Meléndez alles, was sich im Raum befand, zur linken und zur rechten Seite geschoben. Nur an der Stirnwand stand noch ein Stuhl, und auf dem saß ein gefesselter und verzweifelter Vitriolo.

César schluckte und sah auf der Suche nach einer Erklärung vergeblich zu Cabria hinüber. Der hockte in größtmöglicher Entfernung von Vitriolo auf einer Kiste und war damit beschäftigt, die zehn Unterschiede zwischen seiner linken und seiner rechten Schuhspitze herauszufinden.

»Die beiden Herren und ich sind gerade beschäftigt«, sagte Meléndez und bedeutete César, die Teller neben ihm abzustellen. »Wir möchten von niemandem gestört werden. Du hängst bitte ein Schild an die Tür – ›Aus familiären Gründen geschlossen‹, ›Todesfall‹, was du willst – und gehst dann nach Hause oder Strümpfe kaufen, oder du treibst dich ein bisschen am nächsten Schultor herum, wo die hübschen kleinen Mädchen rauskommen. Kapiert, kleiner Perversling?«

César hatte ihn so gut verstanden, dass er bei den letzten Worten des Polizisten schon fast oben am Treppenabsatz war.

Meléndez sah auf die Uhr. »Ein Uhr«, seufzte er und krempelte die Ärmel hoch.

Durch die Kellerdecke drang jetzt dumpf das Geräusch von Césars Schritten. Dann war es einen Augenblick lang still, bis ein Schlüsselbund zu hören war und gleich darauf die Tür des Portón, die sich öffnete und wieder schloss, mit einem kurzen Zwischenspiel in Gestalt von Straßenlärm. Anschließend waren im Keller bloß noch ein eintöniges Tropfen aus einem Metallrohr und drei ein- und ausatmende Lungen zu vernehmen. Letztere wiederum sorgten dafür, dass sich in regelmäßigen Abständen drei dicke weiße Würmer in der feuchten Luft wanden, um sich anschließend aufzulösen.

»Glaubst du, das Vögelchen braucht lange, bis es mit Singen anfängt?«, fragte Meléndez und stellte sich vor den Stuhl, auf dem Vitriolo saß, das Kinn auf die Brust gesunken.

Die rhetorische Frage blieb unbeantwortet. Also biss der

Polizist die Zähne zusammen und trat Vitriolo mit voller Wucht gegen die Stirn. Dessen Körper wurde nach hinten geschleudert, soweit die Gurte, mit denen er an den Stuhl gefesselt war, es zuließen. Er beklagte sich nicht, begriff vielmehr, dass Meléndez wünschte, er solle den Kopf aufrecht halten, was er von nun an auch tat, während der Polizist seine Krawatte abnahm und sie ihm um den Kopf band, genau genommen auf Höhe seines, auf Meléndez' Befehl hin geöffneten, Mundes. Die Enden verknotete er hinter der Stuhllehne, und zog dabei so fest an, dass Vitriolos Mundwinkel zum Zerreißen gespannt waren. Das Ergebnis erinnerte an einen hämisch grinsenden gotischen Wasserspeier.

»So gefällst du mir gleich viel besser«, sagte Meléndez, drehte sich um und ging ans andere Ende des Raums. Er zwinkerte Cabria zu und wiegte sich gut gelaunt in den Knien. »Und jetzt spielen wir ein bisschen das gute, alte Froschspiel.«

Der Tiefe von Cabrias Gedächtnis entstieg die Erinnerung an einen herbstlichen Samstagvormittag im Retiro-Park. Überall Schlammpfützen, denen die Blätter der bunten Bäume in begeisterter Selbstaufgabe entgegentaumelten, während der dreizehnjährige Julito und sein vierzehnjähriger Bruder in einem unsäglichen Englisch und mehr kichernd als redend zwei entzückenden kleinen Japanerinnen zu erklären versuchten, woraus dieses seltsame Spiel bestand, nämlich zunächst aus einer grün gestrichenen Kiste mit mehreren Löchern, vor allem aber einem Frosch, einer Froschfigur aus Metall, einem richtigen kleinen Froschkönig, der einem halb spöttisch, halb bedrohlich das weit geöffnete Maul entgegenhielt, »und da hinein, *yes, yes,* da rein muss man mit der Münze treffen«, also mit einer massiven Metallscheibe, für die man zuerst mal ein Gefühl bekommen muss, indem man sie eine Zeit lang bedächtig zwischen Daumen und Zeigefinger dreht und sich an ihr Gewicht gewöhnt, bis man sie, zack!, fortschleudert in Richtung Froschmaul, ein Spiel mit einer besonderen Bedeutung, *»yes, yes, popular, very popular«,* der Frosch steht – oder vielmehr sitzt, ha, ha – für das Glück, aber man braucht auch eine Menge Geschick dafür, Zielgenauigkeit, Treffsicherheit, *»yes, typical Spanish,* nur hier, das Froschspiel, *not in America, not in Japan, only* hier, in Spanien«, der arme Frosch, der unglückliche, wehrlose, beunruhigende Geldschluckerfrosch mit seinem unergründlich tiefen Bauch, einer grob gezimmerten, in Fächer geteilten Schublade, in der die Treffer landen, oder enden, wie die Jahre im schmutzigen Wanst der Zeit.

Eine blendend weiße Taube flog durch Cabrias Gesichtsfeld und zerschellte über Vitriolos Kopf an der Wand. Der Detektiv kehrte aus seinen Erinnerungen zurück in die Gegenwart, wo ein quietschfideler Meléndez eben daran ging, einen zweiten Versuch zu wagen. Erneut pfiff ein Teller quer durch den Raum. Diesmal wurde Vitriolos Schulter getroffen, der sich immerhin so weit hatte zusammenkrümmen können, dass er einen Aufschlag an noch empfindlicherer Stelle verhinderte. Der Teller prallte ab und fiel zu Boden, ohne Schaden zu nehmen, während Vitriolo leise aufstöhnte.

»Kann man ihn denn nicht auf etwas zivilisiertere Art zum Sprechen bringen?«, fragte Cabria endlich, dem immer noch nicht eingefallen war, wie man Meléndez Einhalt gebieten konnte.

Der Polizist drehte sich um und sah Cabria ausdruckslos an. »Man könnte schon«, erwiderte er, »aber dann dauert es länger. Und wenn ich meinem Chef nicht spätestens um drei ein Ergebnis vorlege, kann ich anfangen, meinen Rentenantrag auszufüllen.«

Noch während er das sagte, drehte Meléndez sich wieder seinem Opfer zu und ließ, leicht vorgebeugt und den Blick auf sein Ziel gerichtet, ganz in der Pose des erfahrenen Boulespielers, erneut einen Teller fliegen.

Dieser wackelte hin und her, streifte die zu Tode erschrockene Glühbirne und traf Vitriolo schließlich hochkant am Kopf, sosehr dieser sich auch bemühte, ihn wie eine Seeanemone auf dem Meeresgrund einzuziehen. An seiner Schläfe kroch daraufhin eine schmale rote Schlange hervor und glitt geräuschlos hinab bis auf sein Wangenbein, wo sie breiter wurde, um schließlich zu einem dunkel glitzernden Bächlein anzuwachsen.

Meléndez griff nach einem weiteren Teller und kniff ein Auge zu, um Vitriolos Mund besser ins Visier nehmen zu können. Er setzte zum Wurf an, doch da löste sich seine Umgebung mit einem geräuschlosen Knall unversehens in grenzenloses Weiß auf. Ein riesiger Wattebausch hüllte ihn ein, in dem keine Zeit und kein Schmerz mehr existierten, während die vier Himmelsrichtungen sich bei den Händen fassten und einen schwindelerregenden Kreistanz eröffneten.

Von: Miraculix
Gesendet am 10.10., 04.10 Uhr

Freunde, Genossinnen und Genossen, die ihr diesen Ort im Cyberspace bis heute gemeinsam mit mir bewohnt und mit Ideen und Leben erfüllt habt.

Ich freue mich, euch mitteilen zu können, dass die Existenz dieses Blogs mit dem morgigen Tag zu Ende geht, weil sie dann zum Glück keinen Zweck mehr erfüllt.

Es besteht keinerlei Notwendigkeit mehr, dass irgendwelche Glasfaserkabel unsere Vorhaben, Analysen, Meinungen verbreiten, oder wenn, dann nicht hinsichtlich der dem System innewohnenden Schlechtigkeit, und das aus dem einfachen Grund, dass dieses System zu existieren aufhören wird, weshalb es auch künftig nicht mehr den Bezugspunkt unserer realen Gegenwart, sondern bloß noch unserer realen Vergangenheit darstellen wird, all dessen also, was nie hätte existieren dürfen und das doch viel zu lange getan hat.

Ab morgen, Genossen, werden wir auf den Straßen, in den Fabriken und den Parkanlagen zusammenkommen, unser wird der frühe Morgen sein, genau wie der helle Tag. Schwarze Banner werden die Wolken aufschlitzen als dunkle Boten der Zukunft, die endlich da sein wird, und dieselben Banner werden Furchen ziehen, in die der Same der Freiheit fällt, zitternd vor Glück und selig verliebter Sehnsucht.

Dies ist der letzte Eintrag dieses Blogs, der sich somit als Erster der neuen Ära des Heils opfert. Morgen wird das System fassungslos Zeuge seines Zusammenbruchs werden. Sein endgültiger Kollaps wird so unerwartet wie unaufhaltsam eintreten, und die Menschen werden ziellos durch die Städte irren. Das wird der Moment sein, in dem es für uns, die wir organisiert und entschlossen sind, heißt, die Organisation zu übernehmen und alle nötigen Entschlüsse zu fassen.

Es ist so weit – uns erwartet eine Welt ohne Grenzen, ohne Mauern. Heute ist für uns Menschen der letzte Tag der Strafe.

Der Druide hat seine Arbeit getan.

11

»Das Buch suche ich seit Monaten! Dann habe ich es also hier liegen lassen.«

Es klang, als hörte er sie unter Wasser, dumpfe Stimmen, die langsam Wort auf Wort folgen ließen. Noch langsamer und völlig verworren waren die Antworten. Und als er die Augen öffnete, vermittelten auch die ihm den Eindruck, er befinde sich am Grund eines Sees oder eines Schwimmbeckens.

»Gold ist Trumpf. Noch mal.«

Schmerz empfand er nur beim Einatmen oder wenn er blinzelte.

»Also mein Fall ist das nicht, diese Art von Lyrik.«

Meléndez, mein Name ist Gregorio Meléndez.

»Gehe mit.«

Dann war es plötzlich, als schlüge sein Herz irgendwo im Genick.

»Schellen. Zwanzig.«

Ans Licht, nach oben, wie auch immer, und die Augen schön offen lassen, auch wenn es wehtut.

»Wirklich, mit solchen Gedichten kann ich nichts anfangen. Aber egal – *der* Einsatz ist jedenfalls für mich.«

Vitriolo fuhr erschreckt hoch, und Julio Cabria und César hörten auf, ihre Punkte zu addieren. Brüllend schüttelte Meléndez den Kopf, sodass Eiswürfel in alle Richtungen über den Boden des Portón glitten. Cabria und César packten ihn und verfrachteten ihn auf einen Stuhl.

»Immer mit der Ruhe, Goyo, ganz sachte.«

Der Polizist war inzwischen fast völlig erwacht, nur die Augen konnte er immer noch bloß für Sekundenbruchteile öffnen, abgesehen davon, dass alle übrigen Empfindungen in regelmäßigen Abständen von einem heftigen Stechen in seinem Schädel überdeckt wurden.

»Noch mehr Eis, César!«

»Was macht ihr eigentlich, ihr Idioten?!«

Meléndez stellte die Frage noch mehrmals, wehrte sich aber nicht, als ihm jemand ein eiskaltes Tuch um den Hals legte. Er trank auch folgsam einen Schluck aus dem Glas, das man ihm an den Mund hielt, und legte anschließend, in Erwartung, dass das Verabreichte seine Wirkung entfaltete, eine Hand auf die Augen und die andere um das Schlüsselchen an der silbernen Halskette, das ihn einmal mehr daran erinnern sollte, dass es möglich war, den Tod der langjährigen Gefährtin, die Gier nach der Flasche und die Einsamkeit zu überwinden, auch wenn man sich dafür im feuchten Keller eines Hauses in Galapagar mit Handschellen an einen Heizkessel ketten musste.

»Du gibst.«

Ich war doch mit Subirats verabredet.

»Nein, Vitriolo ist dran.«

Vitriolo?

»Hast du dir die dreißig gutgeschrieben?«

»Von mir gibts gleich dreißig, aber Kugeln, zehn für jeden von euch!«

Die drei sahen von ihren Karten auf und wandten sich dem Ursprung der Stimme zu, die sich nur mühsam zwischen den aufeinandergepressten Zähnen hatte hindurchwinden können. Meléndez meinte es ernst, in der einen Hand hielt er seine Dienstwaffe, während er mit der anderen einen imaginären Hals würgte.

»Du bist auf einmal ohnmächtig geworden, Goyo, unten im Keller«, teilte ihm Cabria mit.

»Für dich heiße ich nicht Goyo, du Loser.«

»Du bist ganz plötzlich umgekippt.«

»Völlig klar. Und deshalb hockt jetzt auch ein Neger in meinem Nacken und trommelt fröhlich drauflos. Wer wars, na sag schon, du oder der Kinderschänder?«

César hob protestierend die Hand. Vitriolo, der einen Verband mit einem kleinen roten Fleck um die Stirn trug, konzentrierte sich derweil darauf, die Karten zu gleich hohen Stapeln aufzuschichten.

»Ob du es glaubst oder nicht, du bist ganz von allein hingeknallt und hast dir den Kopf aufgeschlagen, unten im Keller. Ich hab dann César hergerufen, und wir haben dich zusammen nach oben getragen. Anschließend haben wir dich in Eis gepackt und dir eine Tablette gegeben, genau wie Vitriolo. Der hat sich übrigens genauso wenig bedankt. Die Patronen stecken in meiner Jackentasche.«

Meléndez verzog wütend das Gesicht. Immer wieder drückte er auf den Abzug, auch als längst klar war, dass die Trommel tatsächlich leer war. »Ihr Wichser, ihr seid doch der letzte Abschaum.«

Die drei Angesprochenen zuckten gleichgültig die Schultern. Was er sagte, schien sie ziemlich kalt zu lassen.

Da stellte Meléndez mit panischem Schrecken fest, dass die Digitaluhr am Zigarettenautomaten Viertel vor fünf zeigte. Sein Unterkiefer klappte nach unten, und die eine Hand klammerte sich Hilfe suchend an die Stuhllehne. »Ihr habt mich ruiniiiiert, ihr Schweine.«

Cabria erhob sich von seinem Stuhl und gab César ein Zeichen, der seinerseits aufstand und in aller Eile die Kaffeemaschine in Gang setzte. Vitriolo war weiterhin ganz und gar ins Aufeinanderstapeln der Spielkarten versunken.

»Immer mit der Ruhe, Goyo.«

»Sehr witzig. Ich hab Subirats versetzt. Jetzt schickt er mich in den Ruhestand.«

Zwei dampfende Espressotassen schoben sich in das Gesichtsfeld von Detektiv und Polizist.

»Subirats hat eine SMS von deinem Handy bekommen. Du stehst kurz vor der Lösung des Italiener-Rätsels und meldest dich, sobald du fertig bist.«

Meléndez nahm einen Schluck Kaffee, ohne den erstaunten Blick von Cabria abzuwenden.

»Vitriolo und ich haben eine Vereinbarung getroffen. Er ist bereit, mitzumachen. Dafür verlangt er, dass er künftig in Frieden gelassen wird und ungestört weiterarbeiten kann, wenn alles vorbei ist. Vor allem darf niemand erfahren, dass er sich mit den Bullen eingelassen hat, selbst wenn es nicht freiwillig war. Seine Kunden legen großen Wert darauf, dass er auf eigene Rechnung arbeitet.«

Meléndez' Augen rotierten in den Höhlen, als versuchten sie, der Flugbahn von Cabrias Worten zu folgen. Sein schmaler Schnurrbart zitterte über dem offen stehenden Mund, dem sich aber nur ein halb ersticktes Röcheln entrang.

Cabria nutzte die Sprechhemmung des Polizisten und redete weiter: »Heute Morgen ist Vitriolo ein paar Typen ins Netz gegangen, und sie haben ihn auf Italienisch ausgefragt. So brutal, wie das abgelaufen ist, würde es mich nicht wundern, wenn es dieselben waren, die Botines' Leute auf dem Gewissen haben. Sie haben offensichtlich gewusst, dass Vitriolo genau ihr Mann ist. Aber mehr als ein geschwollenes Auge haben sie ihm nicht verpassen können. Danach ist er ihnen entwischt. Dafür ist der Pechvogel kurz darauf uns in die Hände gefallen. Keine Ahnung, was ihm lieber gewesen wäre, mit den Italienern weitermachen oder mit dir unten im Keller.«

Cabria zündete sich eine Zigarette an und warf einen Blick auf Vitriolo, für den es immer noch nichts Schöneres zu geben schien, als die Spielkarten auf gleich große Haufen zu verteilen. Jedenfalls hätte bei seinem Anblick niemand auf die Idee kommen können, in diesem schmächtigen Körper könne irgendwo Platz für Hass oder rachsüchtige Gedanken sein. Der Blutfleck auf seinem Stirnverband war unterdessen größer geworden, und Cabria glaubte auf einmal, einen Samurai vor sich zu haben, der am Abend, bevor er zu einem großen Kampf antritt, feierlich die Karten befragt.

»Wir können davon ausgehen, dass die Italiener immer noch hinter ihm her sind«, fuhr der Detektiv fort. »Deshalb schlage ich Folgendes vor: Vitriolo dreht weiter seine Runden durchs Viertel, sozusagen als Lockvogel, und wir halten uns im Hintergrund diskret zum Einsatz bereit. Zusammen sind wir unschlagbar. Die Italiener überlasse ich anschließend dir. Subirats ist hochzufrieden und bringt dich wieder auf die Spur. César serviert mir weiter meine geliebten Gin Tonics mit Mandeln, und Vitriolo spitzt weiter seine Ohren.«

Meléndez' Gesicht war mittlerweile zu einer stählernen Maske erstarrt. Der Polizist schien ganz offensichtlich zu hören, was Cabria sagte, und er schien auch zuzuhören. Das saussuresche Axiom vom Zusammenhang zwischen Signifikant und Signifikat schien ihm deshalb aber noch lange nicht einzuleuchten. Cabria beschloss jedenfalls, die Darlegung seines Plans so schnell wie möglich zu Ende zu bringen. Und dann sollte Gott entscheiden, wie es weiterging.

»Ich habe um fünf einen Termin, was Berufliches. Das Portón bleibt heute geschlossen, aber Vitriolo kann den ganzen Nachmittag hier verbringen, er muss sich unbedingt ausruhen. Außerdem muss er warten, bis die Wunde zu bluten aufhört. César kümmert sich darum, und er passt auch auf ihn auf, falls nötig. Gegen neun macht Vitriolo sich dann auf den Weg, immer die gleiche Runde: Tirso de Molina, Cascorro, Sankt-Franziskus-Kirche, so lange wie nötig. Er hat ein Handy dabei, das natürlich eingeschaltet ist, und kann jederzeit auf eine Taste drücken, die ihn sofort mit dir verbindet oder mit mir, was dir lieber ist. Sobald ihm etwas komisch vorkommt und natürlich erst recht, wenn er das Gefühl hat, ein Überfall kündigt sich an, gibt er Bescheid. Du und ich, wir sind immer ganz in seiner Nähe und halten auch per Handy Kontakt. Und ladet die Dinger ja gut auf, nicht dass ihr plötzlich ohne Saft dasteht. Wir beschatten Vitriolo doppelt, du im Auto, ich zu Fuß.«

Cabria räusperte sich und trank einen Schluck Kaffee. Dass Meléndez so lange einfach nur zugehört hatte, kam einem echten Wunder gleich. Da fiel ihm noch eine kleine Ergänzung zu seinem Plan ein, und er konnte es nicht lassen, auch diese bekannt zu geben, obwohl er über die möglichen Folgen vielleicht nicht sorgfältig genug nachgedacht hatte.

»Bis um neun hast du Zeit, falls du Lust hast, mit Carmen deine Einkäufe zu erledigen. Ich würde dir allerdings raten, vorsichtshalber erst mal im Krankenhaus deinen Kopf checken zu lassen. Glaub mir, du bist ganz schön böse hingeknallt.«

César hörte schlagartig auf, das Glas zu wienern, das er

gerade in der Hand hielt, und Vitriolo unterbrach seinerseits die Bewegung, mit der er die nächste Karte einem Stapel zuordnen wollte. Beide schienen um nichts in der Welt die angespannte Stille stören zu wollen, die sich auf einmal im Portón breitgemacht hatte

Meléndez nickte, trank seinen Kaffee aus, stellte die Tasse ab und hielt Cabria eine zitternde geöffnete Hand entgegen: »Meine Patronen.«

Fragend sah der Detektiv erst César, dann Vitriolo an, aber beide waren wieder gänzlich in ihre Beschäftigungen versunken. Zögernd holte Cabria eine Handvoll Patronen aus der Tasche und legte sie auf die fordernd ausgestreckte Hand, die sich wie eine Meeresschlange, die über einen Fischschwarm herfällt, um ihre Beute schloss. Mit einem Teil der Patronen lud Meléndez den Revolver und steckte ihn anschließend in sein Achselhalfter. Davon schien eine unmittelbar stärkende Wirkung auszugehen, denn gleich darauf warf er sich in die Brust und drückte das Kreuz durch, bis er fast nur noch auf den Zehenspitzen stand, und verlangte einen Veterano mit Eis.

César war umgehend mit einem Glas zur Stelle, das er, mit der Öffnung nach unten, so stil- wie stielbewusst zwischen Zeige- und Ringfinger hielt und genau im richtigen Moment umdrehte, sodass es exakt auf dem gleichermaßen eilfertig bereitgelegten Untersetzer Platz fand. Daraufhin schnappte er sich die Zange und ließ mit drei flinken Griffen ebenso viele Eiswürfel von dem dazugehörigen Behälter in den Cognacschwenker springen, die noch fröhlich darin herumzappelten wie kleine silbrige Lachse, als sie bereits aus zwei Handbreit Höhe von einem glitzernd kupferfarbenen Strahl getroffen wurden, der in elegantem Bogen auf sie niederging. Zu guter Letzt führte der Meisterkellner die Flasche mit einer absteigenden Spiralbewegung so in die Vertikale zurück, dass nicht ein einziger Tropfen verloren ging.

Meléndez senkte zufrieden lächelnd den Kopf und wollte das Glas schon an die Lippen setzen. Da verfinsterte sich sein Ausdruck, und das dankbare Lächeln verschwand ebenso rasch, wie es zuvor auf seinem Gesicht erschienen war. Er deutete mit dem Zeigefinger auf etwas, was sich im Inneren des Glases befand, womöglich ein verfluchtes Haar, sagte sich César und reckte sich voll professioneller Sorge über den Tresen. Doch just in diesem Augenblick flog Meléndez' Faust wie ein rachsüchtiger Delfin in Gegenrichtung über ebendiesen Tresen und stürzte sich zielstrebig auf Césars Gesicht, und was er traf, waren eine volle, fleischige Unterlippe und darunter etwas Hartes, das mit lautem Krachen nachgab.

Césars Körper wurde nach hinten geschleudert, prallte gegen die Kaffemaschine beziehungsweise von dieser ab und entschwand in den Tiefen des unbekannten Abgrunds, der sich hinter dem Bühnenvorhang einer jeden Bartheke auftut. Meléndez jaulte derweil laut auf und vollführte einen Tanz, bei dem er an seinen blutenden Fingerknöcheln saugte, als wollte er sie von dem Gift befreien, das eine Viper mit ihrem Biss dort hinterlassen hatte. Cabria und Vitriolo sahen sich ratlos an und ließen einige Zeit verstreichen, während der nur das Wimmern des unsichtbar gewordenen Kellners und die zunehmend weniger heftigen Stampflaute von Meléndez' Veitstanz zu vernehmen waren.

Mélendez blieb zuletzt mitten im Raum stehen, öffnete die schmerzende Faust und ließ die anderen die ausgebreitete Handfläche sehen, in deren Fleisch sich die Spitzen der Patronen gebohrt hatten. Unterdessen tauchte unter einem zerwühlten Haarschopf das konsternierte Gesicht des Kellners hinter dem Tresen auf, das seinerseits mit einem voll erblühten Veilchen glänzen konnte.

»Jetzt sind wir quitt, alle vier«, verkündete Meléndez und lächelte schon wieder. »Und was deinen Vorschlag angeht, Herr Detektiv: Versuchen kann man es ja mal.« Dann ging er zur Tür, mit festem Schritt und wieder ganz Herr der Lage.

Die anderen drei waren jedoch sicher, dass er nicht ohne einen abschließenden Kommentar entschwinden würde. Und so war es auch. Allerdings hielt Meléndez es nicht für nötig, sich dafür noch einmal zu ihnen umzudrehen.

»Drei Dinge noch. Erstens: Wenn nicht jeder zur vereinbarten Uhrzeit an der vereinbarten Stelle ist, gibts saftige Prügel. Zweitens: Wenn das hier vorbei ist, will ich keinen von euch jemals wieder in meiner Nähe sehen – wers nicht glaubt, den verprügle ich erst recht, wo immer er mir über den Weg läuft. Drittens, und das gilt jetzt für dich, Julito: Wehe, wenn noch mal einer glaubt, er kann mir sagen, was ich zu tun habe und was nicht, egal, wie lange ich noch lebe.«

Dann ging er hinaus. Die Uhr am Zigarettenautomaten zeigte fünf Minuten vor fünf.

12

Die Calle Jesús y María befindet sich ganz in der Nähe des Portón, sodass Cabria unmöglich *nicht* rechtzeitig um fünf Uhr zu seiner Verabredung hätte eintreffen können. Die Plaza de Tirso de Molina, die er auf dem Weg dorthin überqueren musste, lag unter einem Himmel, der absolut nichts verhieß, weder Sonne noch Regen noch Sturm, ein graugrünes Etwas, das keinerlei Beachtung wert war, einen jedoch wünschen ließ, es möge rasch dunkel werden, damit nichts mehr davon zu sehen wäre.

Aus dem Augenwinkel verfolgte Cabria eine Gruppe von Arbeitern, die damit beschäftigt waren, im Rahmen der immer noch nicht ganz abgeschlossenen Umgestaltung des Platzes riesige Holzquader aufzustellen, die, wie ihm jetzt wieder einfiel, Blumenhändlern als Unterstand dienen beziehungsweise in ihrer Gesamtheit einen sogenannten Blumenmarkt bilden sollten. Die schleusenartigen Öffnungen der über den Platz verteilten dunkelbraunen Klötze riefen die Erinnerung an die Barkassen wach, die bei der Landung in der Normandie verwendet worden waren. Entwurf, Finanzierung und Ausführung dieser Baracken mit floristischem Innenleben folgten einer Logik, die es jedem Madrider Stadtrat oder Bürgermeister, der etwas auf sich hält, unmöglich macht, als krönenden Abschluss der von ihm während seiner Amtstätigkeit zu verantwortenden Wohltaten nicht irgendwann doch noch einen unsäglich trostlosen Mist zu produzieren, sich also etwa, wie hier geschehen, einer Avantgarde in die Arme zu werfen, die bestenfalls in der Provinz noch für Aufsehen sorgen kann. Aber so geht es, wenn jemand nicht weiß, wann es Zeit ist, aufzuhören und sich zurückzuziehen. Beim Black-Jack-Spiel erkennt man solche Leute sofort, siebeneinhalb oder einundzwanzig, immer riskieren sie zu viel oder zu wenig, sagte sich Cabria, während er seinerseits nach der Nummer einundzwanzig der Straße mit dem so heiligen Namen Ausschau hielt. Die führte dort, wo er sich inzwischen befand, längst abwärts, was sie zugleich zu einem der wichtigsten Zuflüsse machte, die dafür sorgen, dass das schaumige Meer aus dickflüssigem, noch dampfendem Urin nicht austrocknet, das sich an ihrem unteren Ende, der von allen möglichen gestrandeten Gestalten bevölkerten Plaza de Lavapiés, ausbreitet.

Schließlich erreichte Cabria das Haus Nummer einundzwanzig und sah daran empor. Vor ihm erhob sich ein frisch gestrichenes vierstöckiges Gebäude, dessen Bewohner dem Anschein nach nicht gänzlich mittellos sein konnten. Sorgfältig über die Fassade verteilt gab es diskret geschwungene Erkerfenster, elegante schmale Balkons und ein ausladendes Eingangsportal mit einer schweren schmiedeeisernen Tür. Die stand in diesem Augenblick offen und gab den Blick auf eine dunkel glänzende Holztreppe und, Cabria staunte, sogar einen Aufzug frei, eine echte Seltenheit in einem Viertel, in dem für einen durchschnittlichen Einkauf normalerweise ein Zusatzbetrag für die bis zum Erreichen der Wohnungstür zu überwindenden Treppenstufen zu veranschlagen ist. Aus diesem Grund tragen die Leute, die in diesem Teil Madrids die Gasflaschen für Küche und Bad anliefern, auch den Spitznamen Sisyphus.

»Wer sind denn Sie?«

Die unangenehm krächzende Stimme trat zusammen mit ihrer Besitzerin aus dem Dunkel des Hausflurs hervor und überraschte Cabria dabei, wie er, die Zeit bis zum Eintreffen des Aufzugs nutzend, die Briefkastenschilder nach Nadias Namen absuchte.

Keine so einfach zu beantwortende Frage, sagte sich Cabria, erst recht nicht, wenn sie von einer Dame durchaus fortgeschrittenen Alters gestellt wurde, deren Füße in Pantoffeln steckten. Oberhalb davon umhüllten eine blaue Kittelschürze und ein Schal einen kleinen, drahtigen Körper, auf dem ein spitz zulaufender Kopf mit einer ebensolchen Nase inmitten eines Gesichts voller Falten saß, das von einer gepflegten weißen Dauerwelle eingerahmt wurde. Aus ebendiesem Gesicht traf ihn, gewissermaßen von jenseits von Gut und Böse, der missgünstige Blick zweier Augen, die eine zufriedenstellende Antwort einforderten.

Wäre die Frage in einem nur ein klein wenig zurückhaltenderen Ton gestellt worden und hätte sie nicht mithilfe so weniger Worte so viele heikle Punkte auf einmal berührt, hätte Cabria freundlich reagiert. Doch angesichts der Tatsache, dass er sich ganz offensichtlich einem vollendeten Exemplar eines Hausdrachens gegenübersah, wie sie nur das alte Madrider Stadtzentrum hervorbringt, hielt er es für angemessen, mit gleicher Münze zurückzuzahlen: »Und Sie, wer sind Sie?«

»Nun werden Sie nicht gleich ungehalten.« Die Lautstärke und der herrische Tonfall der Stimme nahmen in gleicher Weise ab. Dafür umklammerte die alte Dame jetzt zutraulich Cabrias Arm. »Wissen Sie, ich frage ja bloß, weil hier immer wieder Leute auftauchen, die gar nicht hier wohnen und auch sonst nichts in diesem Haus verloren haben. Sie wollen zu den zwei Geschwistern, stimmts? Dritter Stock, da wohne ich auch. Ich gehe mit Ihnen hinauf.«

Cabria ließ sich führen, ohne nachzufragen, woher die Alte wusste, wohin er unterwegs war. Dafür hatte er, bis sie im dritten Stock angekommen waren, Gelegenheit, sich die traurige Geschichte von den beiden Waisenkindern anzuhören, »das muss man sich mal vorstellen, von einem Tag auf den anderen mutterseelenallein auf dieser Welt, kein Wunder, dass die zwei so seltsam geworden sind, vor allem Klein-Alfonso, den habe ich übrigens schon seit einer ganzen Weile nicht mehr gesehen, die zwei führen aber auch ein reichlich merkwürdiges Leben. Was haben die andererseits nicht alles durchmachen müssen, das Mädchen hat sich wirklich wacker geschlagen, für den Bruder war sie immer Mutter und Schwester und alles, was dazugehört, und nie hat es Streit mit den Nachbarn gegeben, bei all den Schwierigkeiten, mit denen die beiden zu kämpfen gehabt haben, sehen Sie, hier, die Tür ist es, da wohnen sie und ich gleich nebenan, übrigens, ich heiße Consuelo, falls Sie mal was brauchen sollten, bitte schön, wann immer Sie wollen, ich wohne nicht umsonst schon seit vierzig Jahren in diesem Haus, da staunen Sie, was?«

Die alte Dame verschwand hinter einer Ecke, und Cabria musterte die Wohnungstür vor ihm, ein wahres Schmuckstück. Statt eines modernen Spions verfügte sie noch über eines dieser vergitterten Fensterchen mit Schiebevorrichtung, und angesichts ihrer Höhe konnte man sich eine Vorstellung davon machen, wie groß dahinter der Abstand zwischen Fußboden und Zimmerdecke sein musste. Er drückte auf den unscheinbaren Klingelknopf und hörte kurz danach, wie hintereinander drei Türriegel zurückgeschoben wurden.

Als sich die Tür bereits öffnete, warf Cabria noch rasch einen Blick auf seine alten schmutzigen Schuhe, die reglos auf dem Fußabstreifer standen, einer mit spitzen Noppen besetzten Plastikmatte, die an das Bett eines Fakirs erinnerte.

»Hereinspaziert«, sagte Nadia, aus dem dunklen Vorraum heraus. »Ich mache gerade Kaffee.«

Der Detektiv brauchte eine Weile, bis er den dunklen Ölsockel oberhalb der Fußleisten und die Stuckfriese unterhalb der Decke ausgemacht hatte. Von den Wänden der ersten beiden Zimmer herab, die sie durchquerten, fühlte er sich zudem von den zehntausend Augen der sich in überladenen und unfassbar hohen Regalen dicht an dicht aneinanderdrängenden Bücher beobachtet. Ein langer Flur führte dahinter immer tiefer in die Wohnung hinein. Von den Zimmern zur Linken, die, wie Cabria vermutete, auf die Calle Jesús y María gingen, fiel ein wenig Licht herein, gerade so viel, wie nötig war, um Nadias Silhouette vor ihm und eine Vielzahl ungewöhnlicher Bilder und Zeichnungen an allen Wänden erkennbar werden zu lassen. Irgendwann standen sie dann in der Küche, durch deren Fenster, das erfreulicherweise nicht auf einen engen, geschlossenen Innenhof blickte, man einen großzügigen Ausschnitt des Himmels und dazu die Dachterrassen und Speicherfenster der Häuser sehen konnte, die zur Calle del Calvario gehörten. An diesem Fenster nahmen sie Platz, nachdem Nadia auf den dort bereitstehenden kleinen Klapptisch zwei Tassen und einen Aschenbecher gestellt hatte.

»Wie viel Quadratmeter hat diese Wohnung?«, fragte Cabria und warf ein Päckchen Zigaretten zu den anderen Gegenständen auf dem Tisch.

»Einhundertzwanzig.«

Cabria zündete sich eine Ducados an.

»Und wie viele Zimmer?«

»Fünf.«

»Und wie viele Personen bewohnen diese Zimmer?«

»Zeitweilig bis zu fünfzehn. Früher haben hier drei Generationen zusammengelebt. Schon seit Jahren wohnen aber bloß noch mein Bruder und ich hier.«

Nadia goss ihm von dem dampfenden starken Kaffee ein, der perfekt zu ihrer Stimme passte – einer warmen, klangvollen Stimme aus einem Gesicht, das so kalt und frostig wirkte wie die Waren aus der Tiefkühltruhe des Supermarkts.

»Das Problem ist bloß, dass mein Bruder nicht mehr auftaucht. Möchten Sie Zucker?«

»Nein, danke. Seit wann denn?«

»Seit zehn Tagen. So lange war er noch nie weg. Milch?«

»Einen Spritzer, danke, gern kalt. Trotzdem haben Sie nicht die Polizei benachrichtigt.«

»Er ist dreißig. Und er mag es nicht, wenn er sich vor anderen rechtfertigen muss.«

Cabria trank von dem Kaffee, der ihm angenehm die Kehle und anschließend den Magen wärmte.

»Eins würde ich gerne wissen, Nadia. Neulich haben Sie mich gebeten, mich auf die Suche nach einer gewissen Pandora zu machen. Sind Sie sicher, dass Ihr Bruder wieder auftaucht, sobald ich Pandora gefunden habe?«

Nadia zündete sich endlich die Zigarette an, die schon viel zu lange zwischen ihren langen, weißen Fingern hin und her gewandert war, Finger wie von einer feinen Dame aus der Renaissance, sagte sich Cabria, oder wie Spargel aus Navarra oder wie zarte Bienenwachskerzen.

Seine rechte Hirnhälfte vertrieb sich noch ein Weilchen die

Zeit damit, Vergleiche für Nadias Finger zu finden, während die linke Hälfte angefangen hatte, die erhaltenen Informationen zu ordnen und Hypothesen aufzustellen. Vielleicht wartete er aber auch bloß darauf, dass Nadia antwortete.

»Tut mir leid, das mit der Mitbewohnerin habe ich mir bloß ausgedacht. Ich hatte Angst, dass es bei meinem kleinen Bruder genau das Gegenteil bewirken könnte, wenn ich jemanden direkt auf seine Fährte setze und er merkt, dass man hinter ihm her ist.«

Sie goss Cabria erneut Kaffee ein. Der Detektiv hatte den Eindruck, dass der Augenblick gekommen war, um einen nicht unwichtigen Vorstoß zu wagen.

»Haben Sie Angst, diese Pandora könnte sich Ihren kleinen Bruder mit Haut und Haar einverleibt haben?«

Für einen kurzen Augenblick traf der Strahl aus der Kaffeekanne nicht auf die vorgesehene Stelle, und sogleich breitete sich ein dunkler Fleck auf der Tischdecke aus. Nadia setzte die Kanne ab, ging zur Spüle, griff nach einem dort liegenden Wischlappen und einem Stück Seife und rieb anschließend so lange und hartnäckig über die verschmutzte Fläche, dass irgendwann fast nichts mehr von dem Fleck zu bemerken war. Anschließend sah sie Cabria an, der den Eindruck hatte, nun werde sie endlich antworten, doch Nadia zog noch dreimal an ihrer Zigarette und biss sich mindestens genauso oft auf die Unterlippe, bevor sie so weit war.

»Mein Bruder ist unglaublich naiv und verletzlich, er hat keine Ahnung, wie es draußen, in der wirklichen Welt, zugeht. Er ist ganz alleine hier in dieser Wohnung aufgewachsen, bloß mit mir zusammen, seit wir Kinder waren. Er hat nie irgendetwas arbeiten oder einkaufen gehen müssen, das habe immer alles ich erledigt. Wir hatten auch nie Telefon oder Fernsehen, wir haben uns für die Stille entschieden. So ging das jahrelang. Seit einiger Zeit geht er allerdings regelmäßig sonntags früh aus dem Haus. Er hält sich nämlich für einen Revolutionär, er bildet sich tatsächlich ein, er könne die Welt verändern. Er geht zur Plaza de Tirso de Molina und verkauft Bücher und Aufkleber von seiner Anarchogewerkschaft. Mittags kommt er aber immer zurück, und dann isst er und schließt sich in sein Zimmer ein. Nachdem er von einem dieser Ausflüge auch nach mehreren Tagen nicht zurückgekehrt war, habe ich seine Sachen durchgesehen und dabei einige Zettel gefunden, auf denen das Wort ›Pandora‹ auftauchte. Ich hätte Ihnen das alles gleich bei meinem ersten Besuch in Ihrem Büro erzählen müssen, aber ich war total durcheinander. Ich hatte schon seit Jahren niemanden mehr um Hilfe gebeten. Außerdem wollte ich auf keinen Fall, dass mein Bruder in irgendwelche Sachen hineingezogen wird.«

Die Kaffeelöffel zogen mit leisem Quietschen in den Tassen ihre Kreise, begleitet einzig von dem dumpfen Brummen des Kühlschranks.

Cabria drückte seine Zigarette aus. »Kann ich das Zimmer Ihres Bruders einmal sehen?«

Sie gingen aus der Küche und drangen erneut ins Halbdunkel des Flurs vor. Sie durchquerten zwei kleine Zimmer, im ersten schliefen mehrere Sessel unter einem von einer dicken Staubschicht überzogenen Laken, im zweiten hatten sich alle möglichen nicht zusammengehörigen Gegenstände angesammelt: elektrische Geräte, ein Fahrrad, ein Stapel Zeitschriften, eine Holzjalousie mit hoffnungslos verhedderten Schnüren.

»Er schläft hier nicht nur«, sagte Nadia, als sie vor einer Tür stehen geblieben war; plötzlich hatte sie die Stimme gedämpft.

»Das ist auch sein Arbeitsraum. Er hat Jahre seines Lebens zwischen diesen vier Wänden zugebracht. Bitte bringen Sie nichts durcheinander. Ich warte in der Küche auf Sie.«

Cabria wollte sich schon eine neue Zigarette anzünden, entschied sich jedoch dagegen: Auf der anderen Seite der Tür schien irgendetwas sanft zu vibrieren. Er zog es vor, beide Hände frei zu haben, für den Fall, dass ihn im Inneren dieses Madrider Pharaonengrabes der Fluch der Pandora ereilte.

Er drückte die Tür auf, und das zitternde Summen wurde lauter. Cabria versuchte, sich von der Schwelle aus einen Überblick über den riesigen düsteren Raum zu verschaffen.

Er besaß einen fünfeckigen Grundriss, zwei durch Vorhänge plus Jalousien nahezu lichtundurchlässige Fenster und roch – in dieser Reihenfolge – nach Plastik, Essen und ungewaschenen Socken. Das rechts an der Wand stehende Bett wurde in unregelmäßigen Abständen von bläulichen Blitzen erhellt, die den Blick auf ein wildes Durcheinander von Zeitungsseiten, Büchern, Kleidungsstücken und zerwühlter Bettwäsche freigaben. Im Hintergrund und in der Dunkelheit nur schwer zu erkennen, befanden sich offenbar ein Tisch und ein großer schwarzer Schrank – man hätte meinen können, an der Stelle des Letzteren tue sich in der Wand der Eingang zu einem Tunnel auf. Links dagegen blinkten, bald schneller, bald langsamer, Hunderte grüner, roter und blauer Lämpchen vor sich hin: Cabria begriff, dass er, der gerade einmal gelernt hatte, wie man mit einem Mobiltelefon umgeht, sich hier einem ausgetüftelten technischen Gerät gegenübersah, dessen Bedienung er in keiner Weise gewachsen wäre. Wie auch immer, das Summen, das er noch vor dem Eintreten wahrgenommen hatte, ging von ebendieser verschachtelten Apparatur aus, vor der mehrere Computermäuse bereitlagen, um die diversen Bildschirme augenblicklich aus ihrem kybernetischen Schlummer zu reißen.

Cabria näherte sich dem hoch aufgetürmten elektronischen Altar und spürte dabei unter seinen Sohlen all die Kabel, die demselben Ziel zustrebten. Ratlos besah er sich das Durcheinander aus Tastaturen, Monitoren, allen möglichen anderen Geräten, deren Namen er nicht hätte angeben können, und, zum Flug bereiten Fledermäusen gleich, rund einem Dutzend faustgroßer Tischventilatoren.

Das Einzige, was er zu berühren wagte, war eine kleine Lampe, die ihren schwachen Lichtschein tapfer der sie umgebenden Düsternis entgegenwarf.

Und sie enthüllte Cabria nun auch mehrere wie mittelalterliche Teppiche an der Wand aufgespannte Laken, auf denen sich die streng und aus weiter Ferne blickenden Gesichter dreier Persönlichkeiten abzeichneten, die der Detektiv mühelos erkannte: kompakt und von einer wirren Mähne eingerahmt, das romantische Haupt Bakunins; melancholisch-abwesenden Blickes Buenaventura Durruti; und in ihrer Mitte thronend, mit wild wucherndem Bart, der rasende Verehrer der Freiheit, Fürst Pjotr Alexejewitsch Kropotkin.

Cabria hätte die drei beinahe um Verzeihung gebeten, weil er die Ruhe dieses ganz offensichtlich ihnen geweihten Heiligtums störte, aber sie hätten sich wohl kaum darum geschert, wie sie da mit längst vernarbten Wunden aus den Tiefen des Einst das Leid der geknechteten Menschheit in Augenschein nahmen – oder aber, warum eigentlich nicht, sagte sich der von der Wucht einer mit so viel Bühnentechnik ins Werk gesetzten Szenerie überwältigte Detektiv, oder aber von den himmlischen Gefilden eines zukünftigen Gestirns des Heiles aus.

Seit er das Zimmer betreten hatte, hatte er sich verunsichert nach einem Stuhl umgesehen, um sich darauf niederzulassen. Da wider Erwarten nirgendwo einer zu entdecken war, suchte er nun auf dem Bettrand Zuflucht und zündete sich eine Zigarette an. Eine ganze Weile saß er gedankenverloren da, rauchte und ließ die Asche in einen leeren Joghurtbecher fallen, der, auf welchem Wege auch immer, aus den grenzen- wie zeitlosen Weiten dieses berauschenden Fünfecks in seine Hände gelangt war.

Bei der dritten Zigarette angekommen, war Cabrias reglose Gestalt mit der traumgleichen Atmosphäre der Wohnung verschmolzen.

Und als irgendwann ein Geräusch in seinem Rücken ihm zu verstehen gab, dass das Zimmer noch über einen weiteren Eingang verfügte, woraufhin langsame Schritt zu hören waren, ausgeführt von einem Körper, dessen Gewicht jetzt neben ihm die Matratze einsinken ließ, nur damit gleich darauf eine kaffeewarme Stimme ihn mit einer Frage am Ohr kitzelte, die er nicht verstand, was aber keinerlei Rolle spielte – als all dies geschah, gab Cabria nicht der Versuchung nach, sich umzudrehen, schließlich war klar, dass hier, neben manch anderem, was sonst das Verhalten der Menschen bestimmt, die vier Himmelsrichtungen ihre ordnende Kraft verloren hatten.

13

Eine Passage mit Vogelstimmen aus Beethovens *Pastorale* ließ Cabrias Schlaf mit einer Wirklichkeit verschmelzen, die dieser, kaum dass er sich halbwegs darüber klar geworden war, wo und in wessen Gesellschaft er sich befand, vor sich selbst als einigermaßen unwirklich bezeichnete.

Er wälzte sich mühsam aus dem Bett, um an das Mobiltelefon in seiner Hosentasche zu gelangen, nur um zu seiner denkbar geringen Freude auf dem Display die Nummer seiner Exfrau zu erkennen. Gähnend schob er das Gerät in den nächstgelegenen hohlen Gegenstand, einen Schuh, auf dass es dort, erfolgreich gedämpft, bis ans Ende aller Zeiten weiterklingeln mochte.

Mitten im Zimmer auf dem Fußboden kniend, kratzte der Detektiv sich im Nacken und sah verstohlen zum Bett hinüber, das weiterhin vom bläulichen Licht mehrerer Computerbildschirme übergossen wurde, genau wie eine ganze Reihe von Kurven *auf* diesem Bett, bei denen es sich nur um Nadias nackten Körper handeln konnte. Cabria versuchte festzustellen, wie es um seinen eigenen Körper bestellt war: Bekleidet war er einzig und allein mit seinem Unterhemd und einem einsamen Strumpf. Mit dem Ergebnis durchaus nicht unzufrieden, beschloss er, ins Bett zurückzukehren. Er klammerte sich erneut an einen Körper und nahm dabei auch wieder die Bettseite ein, die ihm, wie er fand, wenigstens für diesen Abend rechtmäßig zustand, hatte er sie sich zuvor doch wacker erkämpft.

Nadia atmete tief und langsam, und der Detektiv machte sich ein Spiel daraus, sich ihrem Rhythmus anzupassen. Während aus dem Inneren des Schuhs immer noch leise die beethovenschen Klänge zu vernehmen waren, zwinkerte Cabria im Dunkeln spaßeshalber dem Fürsten Kropotkin zu, wohingegen er für Bakunin nur ein verächtliches Schnauben übrig hatte, schien der ihm doch neidische Blicke zuzuwerfen. Danach sorgte das beharrliche Summen der Computerprozessoren dafür, ihn so gemächlich wie unaufhaltsam in den Schlaf zurückgleiten zu lassen. Doch unmittelbar bevor er endgültig in dessen stillen Wassern versunken war, gelang es einem in letzter Sekunde von der Erinnerung ausgeworfenen Haken, sich in seinem verdämmernden Bewusstsein festzusetzen, um ihn umgehend mit einem trockenen, heftigen Ruck zielsicher wieder an die prosaische Oberfläche der Wirklichkeit zu ziehen.

Worte ausstoßend, deren Inhalt nicht einmal er selbst verstand, sprang er aus dem Bett und suchte in wilder Hektik seine ringsum verstreuten Kleidungsstücke zusammen. Dazwischen vernahm er Nadias Stimme, die ihm etwas zurief. Aber erst als er anfing, seine Schuhe zuzubinden, war er imstande, ihr eine halbwegs nachvollziehbare Auskunft zu erteilen. »Es ist Viertel nach neun. Ich muss los. Ich müsste längst weg sein.«

Nadia hatte sich von ihrem ersten Schreck erholt und verfolgte nun, im Bett aufgerichtet, wie der Detektiv sich in aller Eile zum Gehen fertig machte. Als Cabria sich die Jacke anzog, merkte er, dass Nadia lächelte, ein Lächeln, das über ihr Gesicht tänzelte und die Augen oberhalb ihrer Wangenknochen genau wie die Brustwarzen unterhalb ihrer Schultern mit einschloss.

»Ganz schön aufregend, wie ihr Privatdetektive so lebt«, sagte sie und zündete sich eine Zigarette an.

Cabria trat ans Bett und gab ihr einen Kuss, bei dem Nadia umgehend die Führung übernahm. Schon bald hatte Cabria das Gefühl, Nadias Zunge führe ein von allem losgelöstes Eigenleben, wie ein mächtiger Kobold, dessen Zauberkraft er sich nicht entziehen konnte. Doch dafür entschädigte ihn dieser Kobold mit ebenso mächtigen Energiestößen, die bis auf den Grund seiner Magengrube vordrangen.

Irgendwann hatte er sich dem Kobold aber trotz allem entrungen, und nur wenig später überquerte er die Plaza de Tirso de Molina, im Gehen damit beschäftigt, sich die Krawatte zuzubinden, um wiederum wenig später an die Scheibe des Portón zu klopfen. Als sich die Tür öffnete, sah er sich den drei glorreichsten Halunken gegenüber, die gegenwärtig im Viertel aufzutreiben waren, wie Cabria zu sich sagte: Vor ihm standen César, alias *The Good*, Vitriolo, auch bekannt als *The Ugly*, und, zu schlechter Letzt, Gregorio *The Bad* Meléndez, der ihm die Uhr entgegenhielt, als hätte der Detektiv nicht selbst gewusst, dass es, jawohl, schon zwanzig nach neun war.

Es begann eine erregte Diskussion, bei der Meléndez heftig mit den Händen fuchtelte und Cabria immer wieder die Schultern zuckte, während ihre beiden Gefährten an der Theke saßen, etwas tranken und ergeben den Kopf schüttelten, als würden sie unfreiwillig Zeugen eines Streits zwischen einem Liebespaar.

Als Meléndez genug hatte, setzte er der Auseinandersetzung schlagartig ein Ende, um den Anwesenden sogleich noch einmal ins Gedächtnis zu rufen, was genau ihr Plan be inhaltete. Darauf öffnete er ebenso umstandslos die Tür, damit Vitriolo seinen Part als Lockvogel übernehmen konnte.

Eher wenig überzeugt machte er sich an die Arbeit, den Blick auf den Boden geheftet und mit einer Hand vorsichtig die Beule an seiner Stirn betastend. Fünf Minuten später nahm Meléndez die Verfolgung auf.

»Mal sehen, was bei dem Schmierentheater rauskommt, Schnüffelnase«, sagte er im Hinausgehen zu Cabria und fuhr sich mit dem angefeuchteten Daumen über eine seiner Koteletten. »Und vergiss nicht: Immer schön das Handy eingeschaltet lassen!«

Kaum war Meléndez auf die Straße hinausgetreten, nutzte Cabria die Gelegenheit und ließ sich von César nach eindringlichem Flehen nicht den üblichen Gin Tonic mit Mandeln, sondern dieses Mal einen doppelten Hamburger und ein großes Glas Orangensaft servieren. Während er, ohne noch ein Wort zu verlieren, sein Abendessen hinunterschlang, polierte César gewissenhaft Besteck und sah dabei verstohlen zu dem Detektiv hinüber.

Dieser kippte schließlich den letzten Schluck Saft hinunter, warf einen Blick auf die Uhr und befand, dass es Zeit sei, sich den Schatten der Nacht anheimzugeben.

»Viel Glück«, wünschte der Kellner mit der traurigen dicken Backe zum Abschied. »Und irgendwann stellst du sie mir vor, ja?«

Cabria ging nicht auf die Bemerkung ein und trat, mit einer Hand das Mobiltelefon umklammernd und die letzten Reste seines Hamburgers kauend, auf die Straße. Der von ihm selbst entworfene Plan sah vor, dass er immer wieder dieselbe Wegstrecke zurücklegte, die auch Vitriolo bis in die frühen Morgenstunden entlangtrotten sollte, so lange, bis er irgendwann die scharfe Klaue der Italiener im Nacken spürte. Mit anderen Worten: eine völlig schwachsinnige Idee, selbst wenn man zugute hielt, dass sie aus der Not geboren war, sagte sich Cabria, während er durch die Calle Duque de Alba in Richtung Plaza de Cascorro ging.

Es war kühl geworden, weshalb der Detektiv sich, so gut es ging, in seinen Mantel hüllte. Den hochgeklappten Kragen nutzte er gleichzeitig als Wind- wie als Sichtschutz, um sehen zu können, ohne selbst sofort erkannt zu werden. In dieser Aufmachung ging er viermal zwischen der Sankt-Franziskus-Kirche und der Plaza de Jacinto Benavente hin und her. Unterwegs begegnete er zweimal Vitriolo, und ebenso oft sah er, ein Stück die Calle Toledo hinab, Meléndez, der in seinem Auto saß, einen Arm aus dem Fenster hängen ließ und mit einem animalischen Funkeln in den Augen durch die Windschutzscheibe starrte.

Um Mitternacht hatte ihr Auf und Ab sich in ein groteskes Schaulaufen verwandelt, das die Aufmerksamkeit selbst des verschlafensten Passanten erregen musste.

Um eins begegneten sich Cabria und Vitriolo erneut, was Letzterer dazu nutzte, den Detektiv um Feuer zu bitten.

»Nicht dass du denkst, ich will deinen Plan kritisieren, aber langsam wird es langweilig, finde ich«, flüsterte Vitriolo und zog an seiner verkrumpelten Ducados, bevor er seines Weges ging.

Cabria sagte kein Wort, war allerdings seinerseits der Ansicht, dass es womöglich klüger wäre, zurück ins Portón zu gehen, in der Hoffnung, dass ihnen dort etwas Besseres einfiel.

Gerade wollte er seinen Gedanken in die Tat umsetzen, da wurde er sich bewusst, dass er schon seit einer ganzen Weile Meléndez' Auto nicht mehr gesehen hatte. Im selben Augenblick fuhr er zusammen: Das Handy in seiner Tasche vibrierte. Er holte es hervor und erkannte Vitriolos Nummer auf dem Display. Das Handy vibrierte noch einmal, dann rührte es sich nicht mehr.

Cabria drehte sich einmal, zweimal, dreimal um sich selbst, reckte den Hals, lief schnellen Schrittes mehrere nahe gelegene Straßeneinmündungen ab, aber das Ergebnis blieb immer gleich: keine Spur von Vitriolo. Als er zur Plaza del Duque de Alba kam, trat auf einmal eine Gestalt hinter einem Kiosk hervor und zerrte Cabria in den unbeleuchteten Bereich des Platzes, ein auf drei Seiten von Häusern abgeriegeltes finsteres Rechteck.

»Du hast ihn verloren!«

Der Klang von Meléndez' flüsternder Stimme drückte weniger Sorge als hämische Schadenfreude aus. Cabria befreite sich aus seinem Griff – fast hätte Meléndez ihm die Mantelklappen abgerissen – und zeigte Richtung Tirso de Molina.

»Er kann nicht weit sein, er hat mich gerade angerufen.«

Schweigend gingen sie durch die Calle del Duque de Alba bis zur Plaza de Tirso de Molina, dann durch die Calle de la Colegiata und die Calle de Toledo bis zur Plaza de Cascorro und von dort wieder zurück zur Plaza de Tirso de Molina. Das letzte Lebenszeichen Vitriolos blieb der unbeantwortete Handyanruf. Polizist und Detektiv waren sich ausnahmsweise einig: Eine weitere Runde würde nicht viel nützen, weshalb sie sich erst einmal, an ein parkendes Auto gelehnt, beide eine Zigarette anzündeten.

Cabria spürte plötzlich in Rücken und Beinen, wie müde er vom Vortag war. Dazu kam ein wohlbekanntes Kribbeln, das sich unaufhaltsam in den Fingerspitzen ausbreitete. Es zeigte an, dass sie schon seit einer halben Ewigkeit keinen Kontakt mehr mit der kalten, glatten Oberfläche einer Spielkarte gehabt hatten. Sollte es nicht gelingen, den vorliegenden Fall zu lösen, blieben auch Cabrias übrige Probleme unerledigt, und dann wäre es mehr als ratsam, sich andernorts, in einer fremden, fernen Stadt, nach einem Spieltisch umzusehen, außerhalb der Reichweite der Gläubiger, um weiterhin seiner Lieblingsbeschäftigung, dem Überlebenskampf, nachgehen zu können. Schöne Aussichten, wirklich wunderbar, nicht ganz so verlockend jedoch wie das, was das Schicksal offensichtlich wieder einmal für Vitriolo bereithielt, der, wie schon sein Urgroßvater, Großvater und Vater dazu geboren schien, jederzeit klaglos einzustecken, zur Unterhaltung des Stadtteils. Gestalten wie er waren ganz offensichtlich unverzichtbar für das bunte Treiben auf der legendären Bühne, die da heißt Plaza de Tirso de Molina und Umgebung, auch wenn sie weder von der Geschichtsschreibung noch seitens der Literaten jemals eine angemessene Würdigung erfuhren.

»Keiner ist länger als meiner.« Meléndez blies den Rauch seiner Zigarette in Richtung der Fassade der ehemaligen Duque-de-Alba-Lichtspiele, die schon vor langer Zeit in ein Pornokino umgewandelt worden waren, und las gedankenlos die Filmtitel vor, die mit dicken bunten Filzstiften in kindlicher Schrift auf Pappschilder geschrieben worden waren, die zu beiden Seiten des Eingangsbereichs die Wände verzierten.

Im Licht einer Straßenlaterne waren jenseits des eisernen Scherengitters, das den Eingangsbereich um diese Uhrzeit zur Straße hin absperrte, die Umrisse der weiter hinten gelegenen eigentlichen Eingangstür und daneben das winzige Fensterchen zu erkennen, an dem man die Eintrittskarten erwerben konnte.

»Der Hausmeisterbengel mit dem Riesenschwengel.« Angewidert verzog der Polizist die schwärzlichen Lippen unter dem schmalen Schnurrbart. »Gibt es wirklich Leute, die mit so was Geld machen?«

Cabria stand der Sinn nicht nach pornografischen Spielereien, selbst wenn sie sich reimten. Stattdessen ließ er den müden Blick so mut- wie lustlos über den Boden schweifen, wo er sich bald träge über die verdreckten Gehwegplatten schleppte, bald mit den unstet ziellosen Bewegungen eines Nagetiers zwischen Zigarettenkippen, gebrauchten U-Bahn-Fahrkarten und anderem weggeworfenem Zeug seinen Weg suchte, bis er plötzlich vor einem kleinen, runden, weißlichen Gegenstand haltmachte – einem Tintenfischring?

Er zündete sich an der soeben zu Ende gerauchten Zigarette eine neue an, ohne den Blick von dem unscheinbaren Gegenstand zu nehmen, der unerklärlicherweise seine Aufmerksamkeit gefangen hielt. Schließlich bückte er sich, hob ihn auf und hielt ihn ins Licht der Laterne, wie ein Diamantenhändler, der die ihm angebotene Ware prüft, nur dass die in diesem Fall weder hart noch glänzend war. Dafür hingen mehrere hellblonde, schmutzige Haare daran.

Meléndez beobachtete ihn argwöhnisch und schüttelte dann resigniert den Kopf – erst setzte er ihr Vorhaben in den Sand, und dann vertrieb er sich die Zeit damit, irgendwelchen Dreck vom Boden aufzusammeln.

»Wetten, du weißt nicht, was das ist?«, sagte Cabria.

Meléndez zuckte die Schultern. »Sieht aus wie ein Haargummi.«

»Genau«, bestätigte der Detektiv. »Wie der von Vitriolo.«

Meléndez besah sich das verformte Haarband genauer. Jetzt entdeckte auch er die schlaffen blonden Haare, die sich daran verfangen hatten.

»Bist du sicher? Der lag doch hier, mitten auf der Straße. Warum sollte er ausgerechnet von Vitriolo sein?«

»Ich bin nicht nur Detektiv, sondern auch Spieler, ich achte auch auf Kleinigkeiten. Vitriolo trägt sein Haar normalerweise als Pferdeschwanz, und heute hatte er es mit genau diesem Gummi zusammengebunden.«

»Na gut, dann hat er ihn eben hier verloren. Und weiter?«

»Einen Haargummi verliert man nicht einfach so. Entweder er hat ihn selbst abgemacht, oder jemand hat ihn ihm runtergerissen. Vielleicht haben sie ihn genau hier geschnappt.«

Meléndez sah erneut das Haarband und dann wieder Cabria an, der seinerseits gedankenverloren die Kinofassade betrachtete. Dann warf Meléndez die brennende Zigarette auf den Boden, zerquetschte sie mit dem Absatz und ging zu dem Scherengitter am Eingang. Er pfiff gleichermaßen erstaunt und zufrieden, als er feststellte, dass das Schloss bloß scheinbar verriegelt war.

Anschließend schob er das Gitter, das quietschte wie eine Hexe auf dem Scheiterhaufen, so weit zur Seite, dass man hindurchgehen konnte. Gefolgt von Cabria, drang er in den Eingangsbereich des Kinos ein. Bevor sie weitergingen, zogen sie das Gitter vorsichtig wieder zu, bis alles genau so aussah wie zuvor, auch das Schloss. Dann näherten sie sich gebückt und auf Zehenspitzen der eigentlichen Eingangstür. Sie ließ sich durch bloßes Anstoßen öffnen. Bevor sie hineingingen, packte Meléndez Cabria am Arm.

»Wetten, du weißt nicht, was das ist?«, flüsterte er.

Cabria betastete den kompakten schwarzen Gegenstand, den Meléndez ihm hinhielt, er war schwer wie ein Hammer, der Griff war kalt und der Lauf kurz.

Mit einem Augenzwinkern drückte Meléndez ihm den Revolver in die Hand. »Und jetzt nichts wie rein.«

Kommissar Subirats schlief für gewöhnlich auf dem Bauch, bis über die Ohren zugedeckt und bei laufendem Radio. In voller Länge ausgestreckt, ließ er zwischen den gespreizten Beinen gerade so viel Platz, dass sein Kater Fu Manchu dort sein Nachtquartier aufschlagen konnte. Fu Manchu war nicht mehr der Jüngste, hatte einen weißen Schwanz, einen schwarzen Bauch und lange, schlaff herabhängende Schnurrbarthaare. Er war ein alter Ränkeschmied, doch für seine Artgenossinnen ebenso wenig von Interesse wie seinerseits noch an ihnen interessiert, dafür aber umso erpichter auf alles, was sich auf direktem Wege und ohne jegliche Gefahr erreichen ließ. Darüber hinaus war er nahezu taub, weshalb es ihn auch keine Mühe kostete, das dauernde Radiobrummen und das laute Schnarchen seines Herrchens zu ertragen. Wer sich dagegen ein feines Gehör bewahrt hatte, war Subirats' Frau, die sich aus ebendiesem Grund gezwungen gesehen hatte, ans entgegengesetzte Ende der gemeinsamen Wohnung umzuziehen.

Als das Telefon auf dem Nachttisch zu klingeln begann, öffnete Fu Manchu erst ein Auge, dann das andere und warf anschließend einen Blick auf seinen Herrn, der ungerührt vor sich hin sägte. Das Telefon verstummte, und der Kater schloss die Augen wieder und beließ es auch dabei, als das Telefon keine Minute später erneut zu läuten anfing: Ganz eindeutig ging ihn diese Sache nichts an, weshalb er sich zusammenrollte und genüsslich darauf wartete, dass der Schlaf zurückkehrte.

Doch als es gerade so weit schien, erhellte sich schlagartig der Raum. Das darauf folgende infernalische Gezeter sowie die wild strampelnden Beine des aufgeschreckten Subirats genügten, um Fu Manchu dazu zu bringen, ein Büschel in der Luft treibender Haare zurücklassend, zur Tür zu stürzen und mit Müh und Not zwischen den Beinen einer Frau im Bademantel hindurchzuschlüpfen, die schreiend auf das unentwegt klingelnde Telefon deutete und erst damit aufhörte, als sie sich mit eigenen Augen vergewissern konnte, dass ihr Mann, obgleich noch gar nicht richtig wach, mit seiner dicht behaarten Pranke hastig nach dem Hörer griff.

»Subirats«, sagte er keuchend.

Dann hörte er eine Weile schweigend zu, schrieb etwas in das auf dem Nachttisch liegende Notizbuch und wiederholte das Geschriebene mit lauter Stimme: »Jesús y María einundzwanzig. Stadtmitte.« Er sah auf die Uhr, es war zwanzig vor zwei. »In einer halben Stunde bin ich da.«

Er legte auf, trank einen Schluck Wasser aus dem Glas, das er sich jeden Abend auf dem Nachttisch bereitstellte, und fing an, schön der Reihe nach die Kleidungsstücke anzuziehen, die er, bevor er ins Bett gegangen war, ohne besondere Sorgfalt über den Kleiderständer geworfen hatte. Als er fertig war, spürte er, dass etwas zwischen seinen Beinen herumstrich – nach beendeter Katastrophe war der Kater an seinen angestammten Platz zurückgekehrt.

»Weißt du was, Fu Manchu?«, sagte Subirats und kraulte den Kater unterm Kinn. »Wir haben es geschafft. Wir haben Pandora gefunden, endlich!«

14

Bemüht, dem Parkett kein allzu lautes Knarren zu entlocken, drangen Meléndez und Cabria in das düstere Foyer des Kinos vor. Im Hintergrund war unterhalb eines mit Gläsern und Flaschen gefüllten Regals, von dem lose Spinnweben herabhingen, eine lange Theke zu erahnen, ein Überbleibsel aus dem Goldenen Zeitalter der siebenten Kunst, als nachmittags noch grandiose Doppelvorstellungen für Groß und Klein gegeben wurden, an die sich Cabria in diesem Augenblick wehmütig erinnerte. Man konnte einfach in seinem Sessel sitzen bleiben und sich hintereinander so scheinbar unvereinbare Dinge wie Richard Fleischers *Die Wikinger* mit Kirk Douglas und Tony Curtis in den Hauptrollen und Stanley Kubricks *Die Rechnung ging nicht auf* zu Gemüte führen. Und dabei ging es zu wie auf einem fröhlichen Fest, wo jeder lautstark seine Meinung zum Besten geben oder in ein Butterbrot beißen konnte, niemand legte übermäßigen Wert darauf, dass im Saal Stillschweigen herrschte, ganz anders als heute, wo es zu Cabrias Missvergnügen mucksmäuschenstill sein musste. Als Filmliebhaber und Spieler hatte er diesbezüglich eine eigene Theorie entwickelt: Früher behielten stets die Handlung und das Geheimnis die Oberhand, die dafür sorgten, dass allzu geschwätzige Zuschauer irgendwann von selbst verstummten, um, nach überstandener Anspannung, am Ende des Films umso begeisterter Beifall zu klatschen. Heute dagegen rechnen die Regisseure von vornherein damit, dass im Zuschauerraum ein klösterliches

Regiment herrscht, dem sich die Besucher widerspruchslos unterwerfen, während ihr Blick gebannt den Untertiteln folgt, ihr Gehör in den rauschenden Fluten eines perfekten Dolby-Stereo-Sounds versinkt und ihr Hintern unruhig auf dem Sessel hin und her rutscht, weil dem Gehirn unaufhörlich intellektuelle Höchstleistungen abverlangt werden – und trotzdem dürsten sie immer wieder nach solch quälend kopflastiger und kunstfixierter Bildsprache, die mit dem ersten herzhaften Gähnen alle Aussichten auf Abenteuer in den Hintergrund drängt.

Ein Schatten vor ihm erinnerte Cabria daran, dass Meléndez dort im Dunkeln unterwegs war, und das mit streng nach Vorschrift gebeugten Beinen und schussbereit vorgehaltener Waffe. Der Polizist warf einen raschen Blick hinter die Theke und nahm sich anschließend die Toilette vor, aus der er mit zugehaltener Nase wieder herauskam. Schließlich deutete er auf den schweren dicken roten Vorhang, hinter dem sich der Zugang zum Zuschauerraum verbarg, aus dem, wie von dem simpel gestrickten Drehbuch eines billigen Pornofilms nicht anders zu erwarten, heftiges Keuchen und lautes Stöhnen zu hören waren.

Auch Cabria zückte nun seine Waffe und folgte Meléndez, der bereits in den heiligen Bezirk der Lichtspielkunst vorgedrungen war, wo es nach Mottenkugeln roch und kein einziger Zuschauer zu entdecken war, abgesehen von einem kleinen Kopf in der ersten Reihe, der sich im ruhigen Rhythmus tiefer, gleichmäßiger Atemzüge hob und senkte.

Nachdem sie sich vergewissert hatten, dass niemand sonst den Film verfolgte, näherten sie sich dem einsamen Schläfer. Dessen schlanker, schmächtiger Körper hing lang ausgestreckt im Sessel, und die dürren käseweißen Beinchen steckten in Cowboystiefeln, an deren oberem Ende sich die bis über die spitzen Knie heruntergelassenen zerknitterten Hosen und Unterhosen ineinandergeschoben hatten. Der Kleine schlief den Schlaf des Gerechten. Eine Haarsträhne, die ihm wie ein Pinsel in die Stirn hing, erzitterte im Rhythmus seiner lang gezogenen sanften Schnarchgeräusche.

»Sieh dir den an«, murmelte Meléndez und schüttelte verächtlich den Kopf. Dann steckte er den Revolver ein, hielt mit einer Hand seine Dienstmarke vor das Gesicht des Schlafenden und schnippte mit den Fingern der anderen neben dessen Ohr.

»Po-li-zei!«

Der Mann öffnete eins seiner wässrig blauen Äuglein. Seine Lippen formten einen vollendeten Kreis. »Oh!«, rief er aus.

Meléndez drückte ihm die Marke jetzt fast ins Gesicht. »Na, was wird heute gezeigt, der mit dem Hausmeisterbengel oder *Meiner ist der längste?*«

Der andere zog die Brauen hoch und blinzelte verwirrt. »Oh!«, rief er noch einmal.

Wie eine Fledermaus, die vor dem Abflug die Flügel aufspannt, hob Meléndez beide Arme, bis sich seine Hände oberhalb des Kopfes fast berührten. Er hielt sie nach außen gedreht eine Zeit lang reglos in der Luft, sammelte sich, bis ihm der richtige Moment gekommen schien. Dann ließ er die Hände schlagartig hinabsausen, dass sie gleichzeitig mit voller Wucht genau auf die Ohren des Mannes trafen.

Im Saal war ein lauter Knall zu hören, der alte Kinosessel ächzte, und der schmächtige Körper hechtete vorwärts und landete auf dem Boden, wo er zitternd in sich zusammengekrümmt liegen blieb.

»Etwas leiser wäre es auch gegangen, und etwas sanfter sowieso«, murmelte Cabria.

»Er wollte einfach nicht hören«, versetzte der Polizist. »Aber pass auf, wie gut der jetzt auf einmal versteht.«

Cabria zuckte die Schultern.

Nach einer Weile hatten sich die Klagelaute des Kleinen ein wenig beruhigt, und sie hievten ihn zurück auf den Sessel.

»Erste Frage«, sagte Meléndez und lächelte über die ganze Breite der Leinwand. »Ist sonst noch jemand hier?«

Das Köpfchen wollte gar nicht mehr aufhören zu nicken.

»Prima, mein Cowboy. Zweite Frage: Wie viele sind es?«

Der Kleine hielt ihm drei zitternde Finger entgegen, klappte aber gleich darauf noch einen vierten hoch.

»Italiener?«

Drei Finger, begleitet von zweimaligem hysterischem Kopfnicken.

»Wo?«

Der Zeigefinger des Kleinen deutete zur Leinwand, woraufhin Meléndez umgehend den Handrücken gegen das Gesicht des Befragten schnellen ließ, der trotzdem weiter in Richtung Leinwand zeigte.

»Verarsch mich nicht. Bist du stumm, oder tust du bloß so? Verkaufst du hier die Eintrittskarten?«

Die Finger des Stummen beziehungsweise des Kartenverkäufers beziehungsweise des stummen Kartenverkäufers vollführten eine Bewegung, die so aussah, als zöge man an seinen Lippen einen Reißverschluss zu. Kaum war er damit fertig, traf ihn an der Stirn ein Schlag von Meléndez' Revolvergriff.

Cabria bäumte sich innerlich empört auf, biss sich heftig

auf die Unterlippe und kniff die Augen zu. Als er sie wieder aufmachte, hatte Meléndez den Arm seines reglosen Opfers bereits mit Handschellen an den Sessel gekettet und war unter der Leinwand hindurchgeschlüpft. Sein Profil geisterte jetzt als grotesker Schattenriss lautlos inmitten des auf die Leinwand projizierten Geschehens herum, gleich einem schwarzen Raubfisch, der sich in einem Aquarium über die bunten Zierfische hermacht. Cabria, für den sich Raum und Zeit plötzlich aufgelöst zu haben schienen, stand mehrere Sekunden lang wie gebannt von diesem Anblick, während die Geräusche der Tonspur von hektischem Hecheln in lang gezogenes lustvolles Stöhnen übergingen, hinter dem sich irgendwann ein fröhlich klimperndes Ragtime-Klavier bemerkbar machte.

Doch dann kam die schwarze Gestalt genau zwischen den mit Strapsen bekleideten Beinen einer liegenden Music-Hall-Tänzerin zum Stehen, und Meléndez' Stimme durchdrang gestochen scharf wie ein mit sicherer Hand geführtes Skalpell die Leinwand: »Na, komm schon, Julito, verdammt. Hier ist ein Durchgang.«

Im Auto hörte Subirats weiter seine Lieblingssportsendung. Zuvor hatte er in einer Bar drei Tassen Kaffee getrunken, und jetzt genoss er es, an einem gewöhnlichen Wochentag ganz entspannt durch das nächtliche Madrid zu fahren. Mühelos durchkurvte er Kreisverkehr um Kreisverkehr und überholte ab und zu einen beschwerlich dahinkriechenden Müllwagen. Auf der Gran Vía gerade einmal an den größten Kreuzungen haltmachen zu müssen, war eine denkwürdige Erfahrung. Irgendwann überquerte er die Plaza del Sol, auf der Polizisten und Ganoven ihre Kreise zogen, beide in Zivil und für die jeweilige Gegenseite mühelos erkennbar. Weiter ging es durch die Calle de las Carretas, und nur wenig später hatte er über die Plaza de Benavente und die Calle del Conde de Romanones – leider – schon die Plaza de Tirso de Molina erreicht: zehn Minuten früher als gedacht. Er parkte gleich neben dem U-Bahn-Eingang mitten auf dem Platz, stieg aber nicht sofort aus, sondern wartete ab, bis der begnadete Mittelstürmer, der sich gleichzeitig von Chelsea, dem AC Mailand und Real Madrid umwerben ließ, seine Erklärungen beendet hatte.

Verwundert betrachtete Subirats die Holzwürfel, die wie riesige Pilze über den Platz verteilt waren, an ihren jeweiligen Standplätzen allerdings noch nicht so recht Fuß gefasst zu haben schienen. Informiert sein ist wichtig, sagte er sich, einverstanden, aber so viele Kioske auf einem Fleck, war das nicht ein bisschen viel für einen einzigen Stadtteil?

Er zündete sich einen Zigarillo an und ging in Richtung Calle de Jesús y María, die frische kalte Nachtluft ebenso genießend wie den aromatischen Tabakrauch. Und wenn Real Madrid ihn unter Vertrag nahm?, fragte er sich plötzlich und blieb einen Augenblick, beinahe erschrocken über seinen Einfall, stehen. Er fand jedoch weder Gründe, die dafür, noch Gründe, die dagegen sprachen, weshalb er den Gedanken zuletzt verwarf – ach was, am Ende würde der geniale Kicker ja doch zu Barça gehen, sagte er sich und legte glücklich und zufrieden die letzten dreißig Meter zurück, die ihn noch von dem Eingang von Haus Nummer einundzwanzig trennten. Dort musste er allerdings feststellen, dass weder draußen noch drinnen ein Polizeibeamter bereitstand, um ihn über den Fortgang der Unternehmung zu unterrichten.

Die Haustür war nicht verschlossen. Subirats warf den Zigarillo zur Seite und betrat den kalten Hausflur, in der einen Hand seine Dienstwaffe, in der anderen sein Diensthandy. Zunächst die Treppe, die zur Rechten in den Keller hinabführte, in Augenschein zu nehmen, sparte er sich. Stattdessen folgte er seinem Instinkt und machte sich daran, die vor ihm liegenden Stufen hochzusteigen. Dabei orientierte er sich an der Notbeleuchtung, die auf jedem Treppenabsatz ein schwaches, grünlich schimmerndes Licht verbreitete.

Wenn Subirats etwas nicht mochte, dann vollkommene Stille. Er befürchtete dann jedes Mal, dass sich in der sonst so kompakten Wirklichkeit unversehens eins dieser dämlichen schwarzen Löcher auftäte. Innerlich stieß er Verwünschungen aus gegen eine Hausgemeinschaft, die sich nicht einmal in Gestalt von Fernsehgeräuschen bemerkbar machte. So gelangte er schließlich in den dritten Stock.

Links tauchte plötzlich eine Tür auf, über der ein golden schimmernder Buchstabe angebracht war. Da verließen ihn schlagartig all sein Mut und seine Entschlossenheit und machten Platz für das Gefühl einer Gefahr in unmittelbarer Nähe, die so unabweisbar konkret war wie der Boden unter seinen Füßen. Er beschloss, im Kommissariat anzurufen, um mitzuteilen, dass die »Operation Pandora« keineswegs so lief wie vorgesehen. Doch als er sich gerade das Mobiltelefon ans Ohr halten wollte, begann die Türe vor ihm sich ohne jede Hast noch Unterbrechung und in vollkommener Stille zu öffnen.

Hauptkommissar Subirats vom Kommissariat Leganitos ließ die Hand, die das Telefon hielt, sinken und hob stattdessen seine Pistole, ganz wie ein Automat, steif und mit angehaltenem Atem und in das warme Licht starrend, das aus der Wohnung drang und mittlerweile einen breiten Streifen des Treppenabsatzes erhellte. Irgendwann stand die Tür ganz offen. Gleich darauf erschien zu Subirats' Erstaunen in ihrem Rahmen das lächelnde Gesicht von Ochaíta, dem Chef der »Spezialeinheit Informatik« der Polizeizentrale. Wer in diesem Augenblick den Wunsch verspürt hätte, sich von seiner Anspannung zu befreien, hätte einfach so getan, als wäre nichts, und seinem Gegenüber zur Begrüßung die Hand geschüttelt – was solls, ist doch alles in Ordnung.

Nicht so jedoch Hauptkommissar Subirats, und das aus gutem Grund, schließlich wäre er nicht bloß niemals auf den Gedanken gekommen, jemandes Hand zu schütteln, mit dem ihn eine bewährte wechselseitige Antipathie verband; er hatte Ochaíta darüber hinaus in zwanzig langen Dienstjahren noch kein einziges Mal lächeln sehen, weder innerhalb noch außerhalb des Kommissariats. Vor allem jedoch liefen über Ochaítas Gesicht, ganz egal, ob man nun ein Lächeln darauf entdecken wollte oder nicht, dicke Schweißtropfen, die durch ihr Zittern zu erkennen gaben, dass der, der sie hervorbrachte, am ganzen Leib schlotterte. Wie in Zeitlupe schob sich Ochaíta aus der Wohnung, ängstlich einen bleischweren Fuß vor den anderen setzend.

Subirats wunderte sich nicht, als hinter Ochaítas Körper beziehungsweise auf Höhe von dessen Genick ein schwarz glänzender Revolverlauf auftauchte, der von einer stark behaarten und Furcht einflößenden Hand gehalten wurde, die zahllose Ringe schmückten. Der dazugehörige Arm schien mit derlei Situationen bestens vertraut und noch mit ganz anderen Dingen, sagte sich Subirats, der sich außerdem darüber im Klaren war, dass sich hinter seinem Rücken ein Paar ebensolcher zu allem entschlossener Arme befand, weshalb er sich sogleich überaus einsichtig zeigte und, noch bevor man ihn dazu aufgefordert hatte, sein Mobiltelefon und seine Dienstwaffe pflichtbewusst und ganz langsam auf den Boden legte. Anschließend hob er ebenso langsam die Arme in der sicheren Erwartung, dass man ihn nun ganz wie einen blutigen Anfänger, der eben erst die Polizeiakademie in Ávila absolviert hat, ans hinterste Ende der Wohnung verfrachten würde.

Meléndez hatte »Durchgang« gesagt, nicht »Tür« – anders konnte man eine Öffnung in der Wand, durch die man normalerweise keinen Fuß setzen würde, auch nicht bezeichnen, da gab Cabria ihm recht. Doch jenseits des Durchgangs führte offensichtlich eine schmale Stiege in eine unbekannte Höhe.

Der Schacht, in dessen Dunkelheit die Stimmen von der Leinwand verzerrt widerhallten, war allerdings so schmal, dass Cabria sich gezwungen sah, sich zur Seite gedreht an den Aufstieg zu machen. Zudem musste er den Bauch einziehen, damit sein Mantel vom Kalkanstrich der Wand nicht ganz weiß wurde.

Während er dem rasch und lautlos die Stufen hinaufkletternden Meléndez folgte, spürte Cabria mehrfach, wie sich ihm ein Schalter und einmal auch ein aus der Wand hervorstehender Nagel unsanft in die Nierengegend bohrten.

Als er sich gerade einigermaßen an die neue Fortbewegungsart gewöhnt hatte, stieß er unversehens gegen Meléndez, der stocksteif und mit weit geöffneten Beinen wie ein riesiger Zirkel vor einer Tür stand, an deren unterem Ende ein schmaler Lichtstreifen schimmerte.

Meléndez ließ sein silbernes Feuerzeug aufspringen und

untersuchte im Schein der Flamme das Türschloss. »Mal sehen, ob ich es aufbekomme«, flüsterte er und klappte das Feuerzeug wieder zu. Cabria nickte in der Dunkelheit und klammerte sich an den Griff seines Revolvers. Offensichtlich war die Tür gar nicht verschlossen, denn ohne dass Cabria seinen Gefährten am Schloss herumfummeln gehört hatte, ging sie plötzlich wie von Geisterhand völlig lautlos auf und gab den Weg auf einen schmalen Flur frei, in dem ein flackerndes Lämpchen zur Linken einen eingestaubten Mülleimer und zur Rechten eine weitere Stiege erkennen ließ, die jedoch breit und auch ein wenig besser ausgeleuchtet war.

Sie wollten schon entschlossen, ja geradezu fröhlich ihren Aufstieg fortsetzen, doch da hielt Meléndez plötzlich inne und senkte den Kopf. Er schien auf ein Geräusch zu lauschen, von dem Cabria nicht das Geringste wahrnahm. Der Detektiv sparte sich jedoch lieber jeden Kommentar, auch als Meléndez, im Gegensatz zu Cabria ganz Profi, sich auf der untersten Stufe niederließ und anfing, seine Schuhe aufzuschnüren, um sie anschließend an Ort und Stelle stehen zu lassen. Wie Cabria sehen konnte, trug der Polizist Strümpfe, die an den Enden dem Druck der jüngsten Ereignisse nicht standgehalten hatten: Wie Würmer, die unversehens an die Erdoberfläche geraten sind, blickten dort zwei bleiche Zehen hervor, die sich krümmten und dem Beobachter abweisend ihre spitzigen Nägel entgegenhielten.

Dann marschierten die Würmer plötzlich los, und Meléndez nahm – mit für das gewöhnliche menschliche Gehör nicht wahrnehmbaren Bewegungen, geduckt, angespannt, das spitze Kinn vorgestreckt, den Revolverlauf seitlich an die Nase gedrückt – die Erstürmung der letzten Tür in

Angriff, die sie auf dem obersten Absatz erwartete. Cabria folgte ihm auf Zehenspitzen, auch wenn diese weiterhin in seinen Schuhen steckten. Den schweren Revolver hielt er jetzt mit beiden Händen, während seine weit aufgerissenen Augen den wilden Tanz ihrer Schatten an den Wänden verfolgten.

15

›Wir begnügen uns damit, einfach zu leben, glücklich und zufrieden damit, nichts zu tun, nicht zu wissen, wie die Dinge vor unseren Augen funktionieren, das, was wir tagaus, tagein mit den Händen berühren oder gegen Geld erwerben, wir kümmern uns nicht darum, herauszufinden, wie es um die Regierungen, deren Anordnungen wir folgen, tatsächlich bestellt ist. Von uns selbst hängt es ab, ob wir Fehler begehen oder erfolgreich handeln. Unsere Irrtümer sind einzig unserer Denkfaulheit geschuldet. Eine andere Ausrede gibt es für uns nicht mehr, seit unsere geliebten Aufklärer, die allseits verschrienen »Französlinge«, diese Wahrheit verkündet haben. Im 18. Jahrhundert war das. Aber ihrer scharfsinnigen Dialektik, ihren weitsichtigen Erkenntnissen haben wir seither nichts Neues hinzufügen können.

Eines haben sie freilich in ihrem naiven Glauben an das Gute im Menschen nicht vorhergesehen: Es reicht nicht aus, bloß zu wissen. Man muss auch wissen, was bei welcher Gelegenheit angemessen und richtig ist. Zu viel Helligkeit kann blenden, die Dunkelheit dagegen gewährt manchmal den besseren Schutz.

Jetzt zum Beispiel, während ich in der Stille dieser düsteren Treppe lauere, habe ich sämtliche Asse im Ärmel. Ich weiß, dass sich jenseits der Tür dort drei Herren mit teuren Krawatten befinden, ehrenwerte Mitglieder der italienischen Mafia. Vielleicht leisten ihnen noch andere Herren Gesellschaft, deren Krawatten in diesem Augenblick freilich dazu dienen, ihre Hände zu fesseln oder ihre Münder zu knebeln – bei ihnen handelt es sich um Polizisten. Wüsste ich sonst nichts, würde ich mich einfach zum nächstgelegenen Polizeirevier begeben und um Hilfe bitten. Ich weiß aber mehr, ich weiß, dass da noch jemand ist, und dieses Wissen lähmt mich, kommen uns auf unserem Schicksalsweg doch immer wieder falsche Entscheidungen und verirrte Kugeln in die Quere.

Weswegen mir all die Asse in meinem Ärmel – das neckische Kreuz, das verschlagene Karo, das tückische Pik – auf einmal wie leer getrunkene Wasserflaschen mitten in der Wüste vorkommen.‹

Kurz bevor Meléndez mit der Schulter die alles entscheidende letzte Tür aufdrücken und sie beide sich blindlings ins Herz der Finsternis stürzen sollten, war es Cabria – der, und sei es bloß, um seine Angst zu verscheuchen, im Geiste noch einmal ihren vielfach gewundenen Weg bis hierher zurückverfolgt hatte – tatsächlich gelungen, herauszubekommen, wo genau sie sich in diesem Augenblick befanden. So unglaublich es scheinen mochte, aber oberhalb des Kinos in der Calle del Duque de Alba konnte gar nichts anderes sein als die von einer dicken Staubschicht überzogenen ehemaligen Redaktionsräume der Zeitung *El Imparcial.* So verkündet es auch die alte Aufschrift an der klassizistischen Fassade mit so zurückhaltender Eleganz, dass sie normalerweise einfach übersehen wird, einer Fassade, die von großen Fenstertüren, die sich auf Balkons mit niedriger Balustrade öffnen, und Halbsäulen mit korinthischen Kapitellen und rechts und links von zwei Türmen flankiert wird, in die ganz oben jeweils ein kreisrundes Fenster eingelassen ist. Diese beiden

Zyklopenbrüder überwachen die Stadt, wie sie sich von hier aus bis nach Carabanchel hinabzieht, und sie sind unterhalb ihres Bullauges mit je einem Paar rechteckiger Zwillingsfenster ausgestattet, die ihrerseits von ein wenig gezwungen wirkenden Giebelfeldern mit harmlosen Halbreliefs verschönt werden. Das gesamte Gebäude, das einst eine der ersten modernen Zeitungen des Landes beherbergte, scheint schon seit hundert Jahren mit angehaltenem Atem dazustehen, als hinge die Fortdauer seiner gänzlich unwirklichen Existenz einzig und allein davon ab, dass es ihm gelingt, sich unsichtbar zu machen.

Ausgerechnet hier also hatten die Italiener Unterschlupf gesucht. Cabria musste zugeben, dass einiges dazugehörte, um auf die Idee zu verfallen, in einem heruntergekommenen Pornokino, in dem sich alle möglichen lichtscheuen Vögel Film um Film der schäbigsten Machart reinzogen, den Zugang zu einem Geheimtunnel anzulegen, der einen mittels einer delirierenden Zeitreise in die Welt von Melone, Schnurrbartwichse und Monokel zurückversetzte.

Außerstande, auf Meléndez' und Cabrias urplötzliches Erscheinen mit entsprechender Geschwindigkeit zu reagieren, machten die vier im Raum anwesenden Männer zunächst einfach weiter, womit sie gerade zugange waren, auch wenn sich alle gleichzeitig der von Meléndez aufgesprengten Tür zugewandt hatten, als wollten sie für ein Familienfoto posieren. Und genau das war es auch, was sich dem vor maßloser Aufregung hellwachen Cabria in dem mild gelben Lichtschein des Kronleuchters als gestochen scharfe Daguerreotypie unauslöschlich einprägte. Innerhalb von Zehntelsekunden nahm er nicht bloß die drei Italiener in allen Einzelheiten wahr – einer war blond, hatte die Füße auf den Tisch gestellt und bediente selig lächelnd eine Videokonsole; der Zweite, ein Glatzkopf, stand hemdsärmelig da und stemmte die Arme in die Seiten; Nummer drei war noch sehr jung, hatte schwarzes, lockiges Haar und blies mit gleichgültiger Miene den Rauch seiner Zigarette an die Zimmerdecke –, er erfasste auch die ihm wohlbekannte Gestalt mit zerwühlter Frisur, die einmal mehr an einen Stuhl gefesselt in der Mitte des Zimmers saß. Und Cabria entging auch nicht, dass zwei der Italiener mit Waffen bestückte Achselholster umgebunden hatten.

»Keiner rührt sich, Polizei!«, brüllte Meléndez.

»Ma chi cazzo è …?«

Die Antwort auf diese Frage spielte keine Rolle mehr, denn alle Beteiligten waren bloß noch damit beschäftigt, sich hinter einem der wenigen Gegenstände im Raum, die Schutz versprachen, in Sicherheit zu bringen oder aber es mit der weniger erfolgsträchtigen Variante zu versuchen, durch Verwandlung ihres Körpers in ein Perpetuum mobile zu verhindern, dass dieser den anderen als lebende Zielscheibe diente. Vitriolo entschied sich seinerseits dafür, auf dem Stuhl, an den er natürlich weiterhin gefesselt blieb, so heftig hin und her zu schaukeln, dass er ihn zum Umkippen und sich selbst damit wenigstens aus der unmittelbaren Schusslinie brachte. So lag er schließlich als Schildkröte, die sich, so gut es ging, unter ihren Panzer zurückgezogen hatte, reglos im Niemandsland und tat, was er sein ganzes Leben lang schon getan hatte: abwarten, was die anderen wohl tun würden.

Der Blondschopf war hinter dem Tisch in Deckung gegangen, während seine beiden Kollegen wie Ratten, die man in die Ecke gedrängt hat, zwischen den übrigen Möbeln hin und her sprangen und hektisch versuchten, ihre Pistolen aus den Halftern zu ziehen. Meléndez und Cabria zielten derweil laut schreiend in ständig wechselnde Richtungen, bis unversehens der Blonde, eine fette Beretta 9000 in den Händen haltend, wieder hinter dem Tisch hervorkam. Als er den Abzug betätigte, war er jedoch bereits von einer Kugel aus Meléndez' Waffe getroffen worden, sodass sein Schuss danebenging und bloß an der Stuckleiste hoch oben unter der Zimmerdecke eine weiße Staubwolke aufwirbelte, während er selbst, wie ein Taschenspieler auf dem Jahrmarkt hektisch mit den Armen rudernd, gegen die Wand geschleudert wurde, wo er ganz langsam zu Boden sank und eine schnurgerade rote Spur hinterließ.

Cabria und Meléndez spürten, dass die anderen beiden inzwischen ihre Waffen in den Händen hielten. Sie drehten sich hastig zu ihnen um, doch der Glatzkopf schaffte es, dreimal abzudrücken, bevor sich in seiner fuchsroten Weste zwei dampfende schwarze Muttermale auftaten. Als er lang hingestreckt auf dem Parkett lag, quoll rosa Schaum zwischen seinen Zähnen hervor, bis er irgendwann zu atmen aufhörte.

Der Junge mit den schwarzen Locken, der inzwischen die Pistole auf den Boden geworfen und die Arme erhoben hatte, hatte zu Cabrias Verwunderung immer noch die brennende Zigarette im Mund. Das Geräusch, das sie machte, als der Italiener daran zog, war das Einzige, was in den folgenden Sekunden, in denen sich niemand von der Stelle rührte, zu hören war.

Wenn der Cowboy von der Kinokasse nicht gelogen hatte, sagte sich der Detektiv, waren das also die drei Italiener, und einer von ihnen stand zudem jetzt bereit, all die Geheimnisse aufzulösen, die sich bis dahin nicht hatten klären lassen: warum man Botines' Leute zu Tode gefoltert hatte; weshalb man hinter Vitriolo her war; was es mit dieser verfluchten Büchse der Pandora auf sich hatte.

Meléndez hatte die Waffe sinken lassen und begnügte sich vorläufig damit, einer unbestimmten Stelle irgendwo an der Zimmerwand zuzulächeln. Er reagierte erst wieder, als plötzlich der Blonde noch einmal auftauchte, dieses Mal hinter einem Tischbein. Im Todeskampf hatte er es trotz allem noch verstanden, sich an den Knauf seiner Beretta zu klammern und mit letzter Kraft bis zu einer Stelle zu robben, von wo aus er erneut ein Ziel ins Visier nehmen konnte.

Das war das Letzte, was er in diesem Leben zustande bringen sollte, und es eröffnete ihm ein allerletztes Mal die Möglichkeit, eine Wahl zu treffen. Und diese Wahl fiel auf seinen eigenen Kampfgefährten, der den Blonden fassungslos anstarrte, als ihn oberhalb der Nasenwurzel der von diesem abgefeuerte Schuss traf.

»*Fuori di qui!*«, murmelte der Blonde ein wenig zusammenhanglos, bevor er Waffe und Seele gleichermaßen dem Teufel übergab.

Betroffen über seine mangelnde Wachsamkeit und bis ins Mark erschüttert darüber, wie dieser Killer seinem Mafiaboss sozusagen bis über den Tod hinaus die Treue gehalten hatte, überprüfte Cabria jetzt umso gewissenhafter, dass die drei Italiener tatsächlich keinerlei Lebenszeichen mehr von sich gaben, indem er, zitternd neben ihnen in die Knie gehend, Zeige- und Mittelfinger an ihre Halsschlagadern legte, fast wie ein Priester, der mit ebendiesen zwei Fingern über den nach Blut, Schweiß und Pulver riechenden Leichnamen das Kreuz schlägt.

»Ich glaube, der Glatzkopf hat mich erwischt.«

Die Stimme in Cabrias Rücken hörte sich gleichgültig an,

als ginge sie das alles gar nichts an. Cabria drehte sich um und sah, wie Meléndez sich ohne festes Ziel durch den Raum schleppte und dabei geistesabwesend auf seine blutige Hand starrte, die ein leuchtend hellrotes Loch in seiner Magengegend zu verdecken suchte. Er gelangte bis zu einem Schrank, an den er sich mit dem Rücken lehnte, um sich anschließend langsam daran hinabgleiten zu lassen, bis er irgendwann auf dem Boden saß, die Beine lang ausgestreckt und ein Lächeln im glänzenden Gesicht, auf dem sich der Schweiß, der ihm von der Stirn tropfte, und der Speichel, der ihm aus dem Mund lief, mischten.

Auf der Suche nach dem Handy tastete Cabria seine Jackentaschen ab, doch Meléndez hielt ihn mit einer Handbewegung zurück. »Den Krankenwagen kannst du später anrufen«, sagte er lässig und hielt ihm seinen Revolver entgegen. »Nimm erst mal dem da den Knebel aus dem Mund.«

Cabria sagte sich, dass weniger Zeit verloren ging, wenn er den Befehl befolgte, und entfernte das Tuch, das Vitriolos Mund und Nase verdeckte. Dahinter kamen umgehend mehrere weiße Stoffknäuel zum Vorschein, begleitet von einer Art tiefem, durchdringendem Schnauben.

»Siehst du das?«, sagte Meléndez daraufhin zu Vitriolo. »Ich bin am Verbluten. Und jetzt schau mal, was ich mit meinem Daumen hier mache.«

Ein furchterregendes trockenes Klicken war zu vernehmen.

»So, der Hahn ist gespannt. Jetzt brauch ich bloß noch meinen Zeigefinger zu betätigen – ich hab nichts zu verlieren. Also, überlegs dir.«

Vitriolo lag immer noch an den Stuhl gefesselt auf dem Boden, ein Ohr gegen das Parkett gepresst und einen Arm schmerzhaft unter der linken Lehne eingeklemmt. Er spuckte ein paarmal aus, mehr Zeit brauchte er nicht, um sich zu entscheiden.

»Das war im Portón, dieses Jahr im Dezember. Ich hab mit einem gewissen Alfonso ein paar Bierchen getrunken. Alfonso ist einer aus dem Viertel, von der CGT. Nein, von der CNT. Er hat es mir selbst erklärt: Bei den Anarchos hat es irgendeine Spaltung gegeben. Danach hat jeder sein Ding gemacht.«

»Ich kenn die Burschen zur Genüge.« Meléndez presste die Zähne zusammen. »Los, weiter, komm zur Sache.«

»Der Typ hat mir ein Bier nach dem anderen spendiert. Alles, was schiefläuft auf der Welt, hat ihn interessiert. Ich hatte gerade nichts Besseres zu tun, außerdem konnte ich von meinem Platz aus noch ein paar andere Gespräche mitverfolgen, also bin ich bei ihm hocken geblieben. Der konnte gar nicht mehr aufhören mit Reden. Aber es ging die ganze Zeit um dasselbe: wie ungerecht die Welt ist und dass man sich organisieren muss, wenn man frei sein will. Irgendwann hat er dann ganz geheimnisvoll getan und gesagt, bei ihm ist gerade eine Freundin aus Italien zu Besuch. Um auch mal was zu sagen, hab ich gemeint: Geil, Italienerinnen, was Besseres gibts im Bett nicht. Da hat er gesagt: Du bist vielleicht 'n Proll. Und ich hab gesagt, wieso Proll? Aber er war schon halb weggetreten und hat erzählt, seine Freundin heißt Pandora und dass sie ein Tattoo hat, eine Zahl. Und ich hab gesagt, wo denn, an den Titten, oder wo, und wieso eine Zahl? Und er hat gesagt, mit der Zahl kannst du alles machen, was du willst.«

Vitriolo machte eine Pause und schluckte. Plötzlich wurde Cabria käsebleich im Gesicht, nahm das Handy vom Ohr und starrte es ungläubig an.

»Ich hab kein Guthaben mehr«, murmelte er fassungslos. »Ich hätte schon längst wieder was einzahlen müssen.«

Meléndez' Lachen hörte sich an wie ein alter Motor, der noch einmal anspringt, obwohl er eigentlich keine Lust mehr hat. Doch gleich darauf verzog der Polizist schmerzhaft das Gesicht. Er legte den Revolver zur Seite, holte ein blutverschmiertes Handy aus der Jackentasche, das unübersehbar kaputt war, und hielt es Cabria entgegen. »Meins hat der Glatzkopf auf dem Gewissen«, sagte er. »Du bist vielleicht ein Original, selbst das Geld fürs Handy verspielst du!«

Dann richtete er den Colt 45 wieder auf Vitriolo, der sofort weitererzählte.

»Ich hab gesagt: Was heißt ›alles‹? Geld, oder wie? Alles, was du willst, hat er gesagt und mir ins Gesicht gelacht, Geheiminformationen. Oder die Freiheit. Warts ab. Und wie ist die Nummer? Aber der Typ war randvoll, der hat mich nicht mehr verstanden, und ich ihn auch nicht, also hab ichs gut sein lassen. Danach hab ich ihn nicht mehr gesehen. Neulich hab ich dann, auch im Portón, mit Vicente was getrunken, dem Sekretär von Botines. Auch wenn man es denen nicht anmerkt: beides totale Schwuchteln, er und sein Chef. Plötzlich sind wir, ich weiß auch nicht, wieso, auf die Sache mit der kleinen Italienerin und dem Tattoo gekommen, da ist Vicente auf einmal aufgewacht. Er hat gesagt, das ist ja wirklich ›kurios‹. Ich hab es ihm immer wieder erzählen müssen. Dann sind wir gegangen, wir hatten jeder was zu tun. Eine Woche später oder so stands dann auf einmal in der Zeitung, dass sie ihn eiskalt umgelegt haben. Und danach noch zwei von Botines' Leuten, genauso brutal. ›Kurios‹, hab ich zu mir gesagt. Aber wer wollte da noch durchblicken? Ich bin jedenfalls erst mal abgetaucht, das mach ich immer so, wenn die Luft zu dick wird. Aufs Dorf und bei Oma Blutwurst essen. Dann bin ich wieder zurück, vielleicht einen Monat später oder so, und auf einmal haben sich alle mit mir angelegt, die Bullen, die Italos und was weiß ich wer sonst noch. Mehr weiß ich echt nicht, ich schwöre es. Für mich ist absolut nichts bei der Sache rausgesprungen, nichts als Ärger, richtiger Ärger.«

Meléndez hatte den Arm sinken lassen. Entweder hatte er eingesehen, dass Vitriolo nicht mehr zu erzählen hatte, oder er konnte das Gewicht seines prachtvollen Colts nicht mehr halten. Wie eine Schlange, die möglichst wenig Aufmerksamkeit auf sich ziehen will, obwohl sie immer länger wird, kroch eine dunkle Flüssigkeit parallel zu Meléndez' Bein vorwärts, immer der schnurgeraden Bügelfalte nach, womöglich in der Absicht, bis zu den Würmern vorzustoßen, die aus den kaputten Socken des Polizisten hervorsahen.

Cabria, der danebenstand und die Hände an die Schläfen presste, wurde plötzlich von der Gewissheit erfüllt, dass der endlose Aberwitz, der das Schicksal der Menschen leitet, auf erschreckend greifbare Weise Gestalt angenommen hatte. »Wo wohnt denn dieser Alfonso?«

Anstelle von Vitriolo antwortete die bereits halb erstorbene Stimme von Meléndez: »Jesús y María einundzwanzig. Laut unserer ›Spezialeinheit Informatik‹. Sind schon dorthin unterwegs. Mein Chef, Subirats, auch. So hat es wenigstens im Kommissariat geheißen: ›Die Eule tritt wieder in Aktion.‹ Und der eine oder andere Italiener taucht bestimmt auch noch dort auf. Waren noch mehr von denen hier? Na, sag schon, Schwachkopf.«

»Noch drei«, bestätigte Vitriolo vom Boden aus.

»Hast du ihnen erzählt, wo es ist?«, fragte Cabria.

»Was hätte ich denn tun sollen? Mich zu Hackfleisch verarbeiten lassen?«, rechtfertigte sich Vitriolo, der den gereizten Tonfall des Detektivs bemerkt hatte.

Meléndez meldete sich mit einem hohen, kaum noch verständlichen Flüstern: »Damit ist alles klar. Bring dus zu Ende, Julito.« Er ließ den Kopf sinken, woraufhin sein schmaler Schnurrbart sich noch einmal stramm ausrichtete, um sich gleich danach erschlafft über seine Oberlippe zu legen. »Ich war dummerweise nicht schlau genug, sonst wäre ich schon früher von selbst draufgekommen.«

Cabria betrachtete den vor ihm liegenden Meléndez, seine langen, leblosen Beine, das mit leuchtend roten Spritzern übersäte weiße Hemd, ein designerisches Kunstwerk von verwirrender Schönheit, den winzigen silbernen Schlüssel auf seiner Brust; und im Vergleich dazu die drei anderen reglosen Körper, triste Schaufensterpuppen, bekleidet mit teuren Anzügen und eleganten Schuhen, von denen schon bald nur noch die Kreideumrisse auf dem Boden übrig sein würden, während ihre Geister auf ewig in den Räumen dieses gespenstischen Gebäudes gefangen blieben. Dann wanderte sein Blick zu der Videokonsole, die von einem anderen Planeten zu stammen schien, wie sie da weiterhin ihre kindisch piepsenden Signaltöne von sich gab, als ob das Spiel nicht längst beendet wäre; und von der Konsole weiter zu dem altmodischen Mobiliar des Zimmers, in dem einst die Redaktion des *Imparcial* getagt hatte – *Der Unparteiische,* was für ein einfältiger und großtuerischer Name, den jedoch, heute nicht anders als früher, egal welche Zeitung nur zu gerne für sich beanspruchte; bis Cabrias Blick schließlich auf den von Vitriolo traf, der als weiterhin ungelöstes Problem schweigend auf dem Boden ausharrte.

Der Detektiv sah auf die Uhr, Viertel nach zwei. Er steckte Handy und Revolver ein, schloss dem Polizisten die Augen und nahm ihm das Silberkettchen vom Hals. Dann befreite er Vitriolo von seinen Fesseln, aber erst, nachdem er ihn hatte schwören lassen, dass er Meléndez die Schuhe anziehen und die Polizei und einen Krankenwagen herbestellen werde, sobald er das Gebäude verlassen hätte.

Dann machte Cabria sich eilig auf den Weg, glitt erneut durch den Traumtunnel der beiden Stiegen, ließ den immer noch an den Sessel geketteten Kartenverkäufer links liegen, durchquerte das düstere Foyer und überwand zum zweiten Mal das quietschende Scherengitter.

Dahinter nahm ihn die frische Nachtluft in Empfang und verlieh ihm neue Kräfte, mit deren Hilfe er im Laufschritt über die Plaza de Tirso de Molina zur Calle de Jesús y María gelangte. Die Tür von Haus Nummer einundzwanzig stand offen. Doch weder Italiener noch Polizisten waren zu sehen, weshalb Cabria, ohne anzuhalten oder das Licht einzuschalten, die Treppe hinaufstürzte, so vorsichtig und leise, wie sein keuchender Körper es erlaubte.

Mit vorgehaltener Waffe die Schatten auf dem Treppenabsatz anvisierend, blieb er schließlich in der dritten Etage stehen. Und begriff, dass die Italiener bestimmt längst in der Wohnung waren, dass wahrscheinlich alles zu spät war, dass ihm die ganze Hetzerei nicht guttat und außerdem völlig überflüssig war, weil er ohnehin nicht wusste (nie gewusst hatte), wie er eigentlich vorgehen sollte. Dass ihm nichts anderes übrig blieb, als sich auf eine Treppenstufe zu setzen und zu warten.

Und genau in diesem Augenblick fielen ihm wieder seine geliebten Dichter aus dem 18. Jahrhundert ein und das Paradox, das diese nicht bedacht hatten: dass es von Schaden sein kann, wenn man zu viel weiß.

Und im Dunkeln machte er sich daran, die Möglichkeiten all der Asse in seinem Ärmel in Erwägung zu ziehen, das verschlagene Pik, das tückische Kreuz, das neckische Karo und das bodenlose, unergründliche Herz: Eins zumindest war sicher, verlieren konnte er damit noch jede Partie.

16

Fein wie ein goldenes Haar durchquerte ein Lichtstrahl den dunklen Treppenabsatz und machte vor Julio Cabrias Füßen halt. Dort verharrte er einige Sekunden, um sich sodann lautlos zu einem Fächer zu öffnen, der die Hände des Detektivs beleuchtete, welcher seinerseits einen Blick auf die Uhr warf: fast drei Uhr am Morgen. Ein Schatten brachte den orangefarbenen Glanz zum Erlöschen, und Cabria entdeckte auf der Schwelle der ihm gegenüberliegenden Wohnung, 3. Stock A, den Umriss eines schmächtigen alten Mannes.

Keiner von beiden sagte ein Wort. Cabria stand ganz langsam auf, und ebenso langsam legte er die kurze Strecke zurück, die ihn von dem Greis trennte, der, ohne sich eine Regung anmerken zu lassen, wartete, bis der Detektiv seine Wohnung betreten hatte. Dann schloss er geräuschlos die Tür, machte das Licht aus und führte Cabria, indem er ihn am Ärmel zog, durch einen feuchten, von Uringeruch erfüllten Flur in ein Wohnzimmer, das von dem Lichtschein der vor dem Haus stehenden Straßenlaterne erhellt wurde.

Die Schatten vieler Katzen, die durch den Besuch aufgescheucht worden waren und jetzt auf den Möbeln herumsprangen, glitten über die Wände.

»Wusste doch, dass da was nicht stimmt«, flüsterte der Mann aufgeregt. »Seit dem Tod meiner Frau schlafe ich kaum noch. Sie sind von der Geheimpolizei, oder?«

Cabria nickte, erleichtert, dass er die groteske Situation mit jemandem teilen konnte.

»Sie haben auch eine Pistole, stimmts?«

Cabria zog die schwere Waffe aus der Tasche, die Meléndez ihm leihweise überlassen hatte. Die Augen des Alten begannen zu leuchten.

»Wusste ich doch, dass da was nicht stimmt. Hat Alfonsito was angestellt, Herr Inspektor?«

»Das kann man wohl sagen.«

Der Alte kniff den Mund zusammen und trat ärgerlich mit dem Fuß auf. »Das kommt davon, wenn man sich mit schlechten Menschen einlässt, Herr Inspektor! Aber die sind nicht schlecht, er und seine Schwester, meine ich. Ich kenne sie, seit sie Kinder waren. Wollen Sie sie festnehmen?«

Worauf Cabria antwortete, nein, er wolle vielmehr bloß die schlechten Menschen festnehmen, die gerade bei Alfonsito zu Besuch seien, aber er sei ein bisschen spät dran, jetzt könne er nicht mehr darauf zählen, sie überraschen zu können, weshalb er morgen wiederkommen werde.

Da sprang eine Katze vom Sofa aus zu einem Gegenstand, der mit einer Plastikhaube bedeckt in der Ecke stand. Die Katze hatte sich jedoch verschätzt und schaffte es bloß, sich mit den Vorderpfoten an dem Plastik festzukrallen, was nicht ausreichte, um zu verhindern, dass sie an dem Gegenstand hinab bis auf den Teppichboden rutschte. Das sorgte wiederum dafür, dass die übrigen Katzen maunzend in alle Richtungen auseinanderstoben, bis sie zuletzt im langen Flur verschwanden und sich offenbar über sämtliche Zimmer der Wohnung verteilten.

»Falls Sie bei mir über den Balkon klettern wollen …«

Cabria verstand den Vorschlag nicht sofort. »Geht das denn?«

»Na sicher doch, Herr Inspektor. Zu meiner Zeit war das

nichts Besonderes. Wenn sich einer mal ausgeschlossen hat, ist er einfach beim Nachbarn über den Balkon wieder zu sich rein. Aufpassen muss man natürlich schon, weil, klar, wer da ausrutscht, der bricht sich den Hals …«

Ehe er sichs versah, saß Cabria schwitzend rittlings auf dem eisigen Metallgeländer. Am besten war es, hatte der Alte ihm erklärt, auf der anderen Seite des Geländers leicht in die Knie zu gehen, sich kräftig abzustoßen und zum anderen Balkon hinüberzuspringen. Besonders groß war der Abstand nicht, trotzdem flößte ihm der gut einen Meter breite Quader aus Luft, dessen Deckfläche an die unbeteiligt flimmernden Sterne stieß, während seine Bodenfläche mit dem steinharten Straßenpflaster identisch war, gehörigen Respekt ein. Dazu kam, dass der Alte in seinem Bestreben, dem vermeintlichen Ordnungshüter bei seiner Aufgabe beizustehen, von hinten kräftig schob, was nicht unbedingt dazu beitrug, dass Cabria das innere Gleichgewicht und die Ruhe fand, um den entscheidenden Schritt beziehungsweise Sprung zu wagen.

»Gehen Sie lieber wieder rein. Und wenn ich in zwanzig Minuten nicht bei Ihnen an die Tür geklopft habe, begeben Sie sich so schnell wie möglich zur nächsten Polizeiwache. Es kann nämlich sein, dass dieses Gesindel auch noch Ihnen einen Besuch abstatten will.«

Der Greis sah ihn einen Augenblick lang wie ein verdutztes Eichhörnchen an und verschwand, rückwärtsschreitend, in seiner Wohnung.

Als Cabria endlich allein war, zündete er sich eine Zigarette an und sah zu, wie der Mond elegant eine Pause einlegte, indem er sich hinter eine dicke graue Wolke zu verziehen begann. Unten ging jemand in Richtung Lavapiés die Straße entlang, woraufhin ein Trommelwirbel in Cabrias Brustkorb diesem zu verstehen gab, dass der Moment gekommen war, einen Versuch zu wagen. Geräuschlos setzte er den Fuß auf der anderen Seite des Geländers auf, schwang dann vorsichtig auch das zweite Bein hinüber und stand jetzt, mit beiden Händen im Rücken das Metall umklammernd, kerzengerade da und machte sich zum Absprung bereit.

Doch da überkam ihn Panik. Die Gesichtsmuskeln begannen, wie wild zu zucken, seine Knie wurden weich, die schweißfeuchten Hände lockerten den Griff. Zugleich gab ihm die Stimme der Vernunft, wenn auch aus weiter Ferne, zu verstehen, dass es zwar in der Tat kein Kinderspiel sein würde, den bevorstehenden Sprung auszuführen, sich aber wieder umzudrehen und zurück auf den Balkon des Alten zu klettern, hätte die Kräfte selbst eines Julio Cabria im besten, optimistischsten Jugendalter überstiegen.

Ihm wurde schlecht, fast hätte er sich übergeben. Er spuckte die Zigarette aus, der Mond verschwand endgültig hinter der Wolke, eine Katze miaute, und Cabria sprang.

Er hatte sich jedoch verschätzt, soll heißen: Er stieß sich zu fest ab. So prallte er mit der Brust an die Stäbe des gegenüberliegenden Balkongitters, während er mit Kinn und Armen auf der Brüstung aufschlug. Die Füße konnten derweil ihre vorgesehene Aufgabe nicht erfüllen und die Landung abfedern, sodass er nun mit den Achseln über der Metallstange hing, während seine Beine in der Luft strampelten. Keuchend und heftig mit den Zähnen knirschend, gelang es ihm schließlich, sich so weit hochzustemmen, dass er sich zuletzt über die Brüstung wälzen konnte. Auf der anderen Seite angekommen, brauchte er mehrere Minuten, um wieder zu Atem zu kommen und neuen Mut zu schöpfen. Inmitten eines kleinen Urwalds aus Geranientöpfen kauernd, ging er im Geist noch einmal den Grundriss der Wohnung durch, soweit er sich von seinem bislang ersten und einzigen Besuch daran erinnern konnte.

Wenn seine Überlegungen zutrafen, war der dunkle Raum hinter der Balkontür das Wohnzimmer, das man durchqueren musste, um zum Wohnungseingang zu gelangen, wo sicherlich einer der Italiener Wache stand. Cabria presste die Nase an die Glasscheibe und stellte zu seiner Überraschung fest, dass die Balkontür nur angelehnt war. Als seine Augen sich ein wenig an die Lichtverhältnisse gewöhnt hatten, bemerkte er, dass an mehreren Stellen im Raum für einen kurzen Augenblick immer wieder mehrere Lichtpunkte wie Glühwürmchen aufblitzten. Erst nach einer Weile fand er eine Erklärung für das lautlose und faszinierende Schauspiel: Bei den Lichtpunkten handelte es sich um die Pupillen der von den Mafiosi gefesselten und geknebelten Polizisten. Als Cabria schließlich eintrat, stieß er auf insgesamt drei zitternde Körper, die wie ein Bündel Würste fest miteinander verschnürt waren. Ihre weit aufgerissenen Augen flehten ihn um Befreiung an, während er sich vorsichtig durch den Raum bewegte.

Doch er hatte endlich einen richtigen, eigenen Plan entworfen und verfügte zudem über den Vorteil, schon einmal in der Wohnung gewesen zu sein, weshalb er sich vorläufig nicht um die Gefesselten kümmerte. Über den kalten, dunklen Flur, der von der einen Seite in das Zimmer mündete, drangen zusammenhanglose Wortfetzen an sein Ohr, die aus dem hintersten Teil der Wohnung kamen. Am Ende der kurzen Verlängerung des Flurs, die sich auf der anderen Seite des Wohnzimmers auftat, sah er den Umriss eines Mannes, der mit dem Rücken zu ihm neben der Eingangstür auf einem

Stuhl saß und rauchte. Zu seinen Füßen standen mehrere leer getrunkene Bierdosen, was Cabria jedoch erst bemerkte, als er eine davon mit dem Fuß umstieß.

Der Mann sprang auf und drehte sich zu Cabria um, doch da traf ihn bereits der Griff von dessen Revolver an der Schläfe. Bewusstlos sackte er dem Detektiv in die Arme, der ihn sanft zu Boden gleiten ließ. Gleich darauf bewegte Cabria sich mit angehaltenem Atem auf das andere Ende des Flurs zu, fest entschlossen, seine letzten Karten auszuspielen, die weder besonders gut noch besonders schlecht waren und deshalb mit umso größerem Sachverstand eingesetzt werden mussten.

»*Che questo stronzo non si muova.*«

›Ja, jetzt kann ich verstehen, was sie sagen, die Barbarei macht sich durch den Spalt der angelehnten Tür bemerkbar, durch den Licht und der Geruch nach Blut zu mir in den Flur dringen. Ich stoße sie sanft noch ein Stückchen weiter auf und sehe einen armen Menschen mit zerschundenem Kopf am Boden liegen – es kann nur Alfonso sein – und daneben im Profil einen der Mafiosi, er hat sich die Ärmel hochgekrempelt, tut aber nach jedem Schlag, als würde er sie sich von Neuem hochkrempeln, eine rohe Menschenmaschine mit öligen Haaren. Das zweite Untier kann ich jedoch nicht erblicken und auch die Schwester des am Boden Liegenden nicht – schöne Nadia, möge mir die Freude vergönnt sein, dich schon bald heil und unversehrt vor mir zu sehen, und dann mag die verfluchte Gaia meinetwegen in Stücke fliegen.‹

»*Non si muova!*«, schrie Cabria, aus dem Stegreif in einer ihm unbekannten Sprache improvisierend, während er im unnachahmlichen Stil eines Gregorio Meléndez in das fünfeckige Zimmer stürzte, fest die Beretta umklammernd, die Beine angewinkelt und mit feurigem Rächerblick die Kampfzone abmessend.

»*Non si muova!*«, schrie er noch einmal, wissend, dass seine Gegner sich längst in Bewegung gesetzt hatten, und gab einen Schuss auf den mit den hochgekrempelten Ärmeln ab, der sich an die Brust griff, mit der Anmut eines Balletttänzers mehrfach um die eigene Achse drehte und zu Boden sackte. Der andere, der eine kuriose bunte Krawatte umgebunden hatte, stürzte sich mit dem Mut der Verzweiflung auf den Detektiv, doch Cabria bückte sich und ließ gleichzeitig die Faust mit der Waffe nach vorne schnellen. Es knackte laut, als er den Italiener im Gesicht traf, der bäuchlings auf dem Boden landete und sich nicht mehr rührte, während Cabria, dessen Handgelenk gebrochen war, sich bemühte, einen lauten Schmerzensschrei zu unterdrücken.

Stöhnend und fluchend ließ der Detektiv sich auf die Bettkante sinken, die Hand in den Schoß gepresst. Er biss sich auf die Lippen und wartete, bis der Schmerz ein wenig nachließ und er wieder einigermaßen ruhig atmen konnte.

Irgendwann hatte er sich so weit gefasst, dass er erneut seine Umgebung in Augenschein nehmen konnte. Vor ihm schien jemand ohne Hast, aber auch ohne anzuhalten, über den Boden zu kriechen, sein Ziel war offensichtlich die Ansammlung wild durcheinanderblinkender Lämpchen und Leuchtdioden im Herzen des elektronischen Ungetüms.

»Wo ist deine Schwester?«

Der andere war jedoch offensichtlich völlig von der Anstrengung in Beschlag genommen, weiter vorwärtszurobben, um schließlich laut stöhnend seinen Drehstuhl in Besitz zu nehmen. Als er sich irgendwann tatsächlich darauf niedergelassen hatte, vergeudete er keine Zeit damit, erst einmal ein wenig zu Luft zu kommen. Stattdessen machten seine Finger sich sogleich daran, flink wie die eines Konzertpianisten über die Tastatur zu gleiten.

Schon bald erstrahlte der Bildschirm in einem grünlichen Licht. Immer noch auf dem Bett sitzend, konnte Cabria das Gesicht des im doppelten Wortsinn Erleuchteten in den Blick nehmen, seine blitzenden Pupillen, das genialisch zerwühlte Stirnhaar, die geschwollenen, von zahlreichen Schnitten durchzogenen Backen, von denen dunkle Blutfäden auf den glänzenden, struppigen Kinnbart hinabliefen.

»Danke, Genosse«, sagte der andere schließlich, ohne die Bewegung seiner Finger auf der Tastatur zu unterbrechen oder den Blick vom Bildschirm zu nehmen. »Du bist gerade noch rechtzeitig gekommen. Als hätte das Schicksal dich geschickt, wenn ich es einmal mit den Worten unserer jüdisch-christlichen Überlieferung sagen darf …«

»Was heißt ›gerade rechtzeitig‹?«

»Gerade rechtzeitig, um diese Untermenschen davon abzuhalten, die Geburt einer neuen Ära zu verhindern!«

»Wo ist deine Schwester?«

»Vergiss es, sie ist mit ein paar Freundinnen ausgegangen. Aber wir haben jetzt keine Zeit zu verlieren …«

Das nervöse Geklapper der Tasten ging immer weiter. Wie von der Tarantel gestochen hackte der Erleuchtete unaufhörlich auf sie ein und kümmerte sich nicht darum, wenn sich gelegentlich ein zitternder Blutstropfen von seinem Kinn löste und auf seinen hektisch arbeitenden Fingern zerschellte.

Da hatte Cabria seinerseits eine Erleuchtung: »Hast du vor, Pandora zu befreien?«

Für einen kurzen Augenblick hoben sich die Hände von

der Tastatur, als wäre es ihnen auf einmal untersagt, diese weiter zu berühren. »Wenn du es genau wissen willst: Pandora wird uns befreien«, erwiderte er mit rauer Stimme, während seine Finger mit unveränderter Entschlossenheit die Arbeit wiederaufnahmen.

»Ist Pandora ein Computerprogramm?«, fragte Cabria.

»Hast du Ahnung von Informatik, Genosse?«, fragte der andere zurück.

»Ungefähr so viel wie ein Sechsjähriger. Du musst es mir also schön langsam und einfach erklären.«

Der Erleuchtete lächelte und drehte sich für einen Augenblick zu Cabria um, bearbeitete dabei aber weiter die Tastatur. »Pandora ist ein Virus, ein Trojaner. Man kann ihn ferngesteuert in Aktion treten lassen. Ausgedacht hat ihn sich die Mafia, *capiche?* Die Mafia setzt eine Menge Computerviren in die Welt und verbreitet sie als Spam, vor allem über Seiten, auf denen Online-Glücksspiele angeboten werden oder Waffen oder Pornos – alles, was der kaputte Kapitalismus eben so hergibt. Die Dinger nisten sich bei dir im Computer ein, ohne dass du was davon merkst. Damit wird aber schon bald Schluss sein, dafür sorge ich – weil schon bald Schluss mit dem Privateigentum sein wird!«

Er lachte so heftig, wie sein geschundener Körper es zuließ. Er brauchte mehrere Sekunden, um sich von den zwei, drei kurzen Glucksern zu erholen.

»Also wie gesagt, die Dinger nisten sich bei dir ein wie so eine Art Zombies und schlafen erst einmal in aller Ruhe vor sich hin, bis du ihnen den Befehl gibst, aufzuwachen.«

Cabria nickte. Seine Ausführungen waren wirklich nicht schwer zu verstehen. Auf der Suche nach einer Zigarette tastete er seine Kleidung ab.

»Aber das weiß ja eigentlich jeder«, sprach der Erleuchtete weiter. »Am stärksten betroffen ist das Yankee-Imperium. Spanien liegt, weltweit gesehen, auf Platz fünf. So ein Trojaner kann mit deinem Computer jedenfalls so ziemlich alles anstellen, was er will, selbst dein Virenschutzsystem kann er aushebeln. Das sind wirklich fiese Dinger. Die Mafia beschäftigt Leute, die viel mehr Ahnung von Informatik haben als die, die für den Unterdrückungsapparat der Polizei arbeiten, egal in welchem Staat. Die zahlen denen Millionen, damit sie ihnen genau den Trojaner basteln, den sie haben wollen. Bisher mussten sie allerdings noch nie Geld dafür ausgeben, damit ihnen auch ja niemand ihr trojanisches Pferd mit noch einem trojanischen Pferd im Bauch zurückliefert. Das hab ich aber gemacht.«

Weshalb waren Hektor, Paris oder Priamos nur damals nicht auf diese Idee gekommen?, fragte sich Cabria voller Bewunderung.

Die Stimme des Erleuchteten passte sich jetzt wieder ganz dem Rhythmus seiner die Tastatur bearbeitenden Finger an, während seine fiebrig glänzenden Augen gebannt das Geschehen auf dem Bildschirm verfolgten.

»Ich verbringe viel Zeit am Computer. Es gibt einfach nichts Besseres, um die Revolution voranzutreiben. Anders könntest du dich nie mit so vielen verschiedenen Leuten über so viele verschiedene Dinge gleichzeitig austauschen. Was meinst du, wie schnell wir auf unseren Cyber-Treffs zu Entscheidungen kommen? Das hat unsere Organisation einen Riesenschritt vorangebracht! Was dieses ganze Spam-Zeug angeht – die können noch so oft versuchen, sich bei mir einzuschmuggeln. Normalerweise spüre ich das sofort auf und zerstöre es, für mich ist das keine große Sache.«

Aus der Tiefe seiner Tasche zog Cabria das silbrig glänzende Feuerzeug von Meléndez hervor. Es wog kaum weniger als der Revolver. Vielleicht kam Cabria das, erschöpft wie er war, in diesem Augenblick aber auch nur so vor. Er wollte seine Zigarette anzünden, musste jedoch verwirrt feststellen, dass die Flamme offensichtlich nur auf den Ruf ihres rechtmäßigen Besitzers hin erschien, fast so wie die treuen Pferde, die die mexikanischen Ranchera-Sänger in ihren Liedern feiern.

»Ungefähr vor einem halben Jahr ist mir aber ein ganz besonderer Trojaner untergekommen. Der hatte wirklich was. Er war so raffiniert gebaut, dass ich mehrere Nächte gebraucht habe, um ihn zu knacken. Dann habe ich ihn zurückverfolgt, jemand hatte ihn von Neapel aus auf den Weg gebracht. Ich habe ihn in null Komma nichts deaktiviert, zerlegt und neu zusammengebaut. Und dann habe ich ihn wieder losgeschickt, ›zurück an den Absender‹, hehe. Jetzt allerdings mit einem Zombieprogramm im Bauch, das ich mir selbst ausgedacht habe. Und ich bin auch der Einzige, der es auslösen kann, den Geheimcode kenne bloß ich. Das war wirklich harte Arbeit!«

Mag schon sein, sagte sich Cabria, der auf einmal spürte, wie müde er war. Er krümmte den Rücken und spürte an der Stelle, wo er mit der Brust an das Balkongeländer geprallt war, ein heftiges Stechen. Das war allerdings nichts im Vergleich zu den Schmerzwellen, die sein gebrochenes Handgelenk aussandte.

»Irgendwann habe ich das Programm dann aktiviert. Da habe ich gemerkt, dass ich mich auf eine verdammt gefährliche Sache eingelassen hatte. Es steckte offenbar die Polizei dahinter oder vielleicht auch die Mafia oder was weiß ich:

Ob das System sich dir in Uniform zeigt oder ohne, dialektisch gesehen ist das dasselbe. Ich habe jedenfalls herausgefunden, dass die kurz davor waren, ein Wahnsinnsprogramm in Gang zu setzen, Codename ›Pandora‹. Ich habe es nicht gleich runtergeladen, da war ich lieber vorsichtig. Erst mal habe ich beobachtet, wie sie vorgehen. Ich habe sozusagen bei mir am Bildschirm verfolgt, wie sie arbeiten. Ich wollte wissen, was sie mit den ganzen Informationen vorhatten, worauf sie hinauswollten. Und irgendwann habe ich auch begriffen, worauf sich die ganzen Codes und Zahlenschlangen beziehen …«

»Und zwar?«, fragte Cabria, da der Erleuchtete offenbar nicht weitersprechen wollten.

»Es ging um die Zugangsdaten von zig Banken in ganz Europa. Das Programm war imstande, sich unbemerkt einzuklinken, sobald eine der Banken ihre Codes änderte, was ja laufend vorkommt. Die Idee war, das Programm dazu zu bringen, von sich aus Änderungen an den Codes vorzunehmen. Damit wollte die Mafia die Banken oder auch die Regierungen aber nur erpressen. Mit der bloßen Drohung, Pandora zu aktivieren, hätten sie zum Beispiel sofort alle Mafiabosse freibekommen, die irgendwo einsitzen – viele sind es ja sowieso nicht. Oder sie hätten erreichen können, dass sie bei allen möglichen Entscheidungen bevorzugt werden und immer den Zuschlag kriegen, egal, ob es um Grundstücke geht oder sonst irgendwelche lukrativen Geschichten. Oder dass Neapel endlich mal wieder italienischer Fußballmeister wird, keine Ahnung. Wie dem auch sei, die waren bloß auf Erpressung aus, die Wahnsinnsmöglichkeiten, die eigentlich in Pandora stecken, haben die gar nicht interessiert. Dabei könnte man damit auf einen Schlag sämtliche Banken lahmlegen. Mit Pandora kannst du das totale Chaos auslösen, Geld von einem Konto aufs andere übertragen, ganze Guthaben löschen oder verdoppeln, wie wild Kredite vergeben, alles, was du willst. Jedenfalls würde genau das System in sich zusammenbrechen, das nur davon lebt, dass alle daran glauben, das System, das aus dem Glauben an den Gott der Christen den Glauben an die Allmacht der elektronischen Vernetzung gemacht hat …«

Der Detektiv ließ sich auf die Ellbogen zurücksinken und stieß dabei unversehens gegen etwas Festes, wahrscheinlich einer der vielen seltsamen Gegenstände, die Bestandteil der unwirklichen Welt dieser Wohnung waren. Von dort, wo Licht auf die Wand fiel, traf ihn der Blick Durrutis. Bakunin und Kropotkin dagegen blieben vorläufig in der Dunkelheit verborgen. Höchste Zeit, endlich die Zigarette angezündet zu bekommen, um anschließend auf das Eintreffen der von Vitriolo oder dem alten Nachbarn herbeigerufenen siebten Kavallerie zu warten.

Der Erleuchtete sprach weiter: »Pandora sollte den Herrschenden jedenfalls nur Angst einjagen oder sie nerven. Ganze Staaten zerstören sollte der Virus nicht. Das konnte ja gar nicht im Interesse der Mafia liegen – in meinem aber schon! Vor ein paar Monaten, als sie mit den Vorbereitungen fast fertig waren, habe ich dann meinen Zombie aktiviert und mit Pandora verlinkt. Dummerweise sind sie mir über meinen Server auf die Spur gekommen. Zumindest wussten sie jetzt, dass irgendwo im Zentrum von Madrid ein Computer steht, der ihr Programm hackt. Von alleine wäre die Mafia aber bestimmt nicht darauf gekommen, die Informatikspezialisten von den Bullen müssen ihnen geholfen haben … Wie auch immer, neulich habe ich alles startklar gemacht: Ich brauche jetzt nur noch ein paar allerletzte Befehle einzugeben, dann bricht hier in Europa innerhalb weniger Stunden alles in sich zusammen. Totalschaden. Und dann beginnt die neue Zeit, das frei flottierende, libertäre Chaos. Na, wie findest du das, Genosse?«

Cabria zuckte die Schultern. Sollte es in dieser goldenen Zukunft kein echtes Geld mehr geben, gäbe es stattdessen bestimmt Bezugsscheine für Lebensmittel und Zigaretten, die man bei einer Pokerpartie einsetzen konnte.

Der Erleuchtete gönnte seinen Fingern derweil eine kurze Ruhepause und lächelte Cabria zu. Aus dem Inneren des Computers war ein behagliches Schnurren zu vernehmen.

»Ich habe natürlich keinem Menschen was erzählt. Vor ein paar Wochen bin ich außerdem abgetaucht. Ich habe mich in einer schmuddeligen Pension versteckt und bin so gut wie nie auf die Straße gegangen. Verfolgungswahn war das nicht, du siehst ja, wie viel Besuch wir diese Nacht gehabt haben, mehr als in den ganzen letzten zwanzig Jahren. Dabei bin ich erst heute hierher zurückgekehrt. Meine ganzen Vorsichtsmaßnahmen haben trotzdem nichts genützt. Irgendwann in der Nacht standen die Mafiosi hier bei uns und wollten ihre Pandora wiederhaben. Den Gefallen hätte ich ihnen aber nie getan, da hätten sie noch so lange auf mich eindreschen können, schließlich hat man nicht alle Tage Gelegenheit, die Weltrevolution auszulösen …«

Doch Cabria hörte ihm gar nicht mehr zu. Stattdessen betastete er mit seiner unverletzten Hand auf einmal hektisch den Gegenstand hinter ihm auf dem Bett, an den er zuvor gestoßen war.

Von der Straße waren plötzlich Stimmen zu hören, Reifenquietschen und Sirenengeheul, und an der Zimmerdecke erschien der Widerschein rotierender blauer und roter Lampen.

»Genosse, wenn du erlaubst, erteile ich Pandora jetzt den letzten, alles entscheidenden Befehl. Nicht dass diese Büttel der Macht uns noch dazwischenkommen. Du wirst jetzt also Zeuge, wie …«

Der Erleuchtete verstummte und starrte verdutzt auf die Beretta, die Cabria ihm entgegenhielt. »Was hast du gesagt?«

Hämmern am Hauseingang, Lärm im Treppenhaus, aufgeregtes Gemurmel wach gewordener Nachbarn, noch mehr Autos.

»Was du gesagt hast, Schwachkopf!« Cabrias Stimme war anzuhören, dass er zum Äußersten entschlossen war. »Wer hat alles heute Nacht Besuch von der Mafia bekommen?«

Der Erleuchtete schwieg, drehte sich langsam wieder seiner Tastatur zu und heftete den Blick auf den Bildschirm, während seine folgsamen Finger von Neuem ihr melancholisches Geklapper erklingen ließen. Letzter Aufruf für Pandora.

Draußen im Flur näherten sich aufgeregt durcheinanderschreiende Stimmen. Cabria gab hintereinander sechs Schüsse ab. Der Monitor zersplitterte, und die Eingeweide des Computers sprangen über den Tisch, während die Prozessoren zischend in Rauch aufgingen. Einen Augenblick lang starrte der über und über mit Glassplittern und verschmorten Plastikteilen bedeckte Erleuchtete fassungslos auf die Ruine seines Projekts. Dann riss er die Arme in die Höhe, brüllte »Faschistenschwein!« und stürzte sich auf den Detektiv.

Die Tür wurde aufgestoßen, und an der Schwelle drängte sich ein Trupp Polizisten, die gierig auf alles zielten, was sich bewegte.

Aber allzu viel Bewegung war da nicht mehr. Auf dem Boden lag der Erleuchtete zwischen zwei reglosen Körpern in Armani-Anzügen und brabbelte unverständliches Zeug, während sein flackernder Blick über die bestirnte Himmelskuppel jenseits der Zimmerdecke irrte. Und auf dem Bett hielt Julio Cabria eine in ein Laken gehüllte Frau in den Armen und forderte die Polizisten laut schreiend auf, sofort einen Krankenwagen zu holen.

Epilog

›Ich beuge mich wieder über den trägen Strudel, den der Löffel in der Kaffeetasse hervorruft, aber es gelingt mir immer noch nicht, den genauen Ablauf der letzten vier Stunden wiederherzustellen. Dass ich das Abenteuer lebend überstanden habe, sieht man daran, dass ich hier in meinem Wohnzimmer sitze. Um mich herum meine Bücher, die Sardinenbüchsen auf dem Fernseher und der Kaffeefleck, den Meléndez' Wutanfall an der Wand hinterlassen hat. Dein Sessel ist dein himmlischer Thron, von dem aus du über dein Königreich herrschst, ein heißes Bad ersetzt dir die über alles geliebte Mutter, dein treuester Freund steht vor dir – eine Tasse starker, heißer Kaffee. Nichts fehlt dir in diesem Augenblick, die Welt ist gut, so wie sie ist. Doch schon im nächsten Augenblick ruft selbst die kleinste Bewegung dir die Anwesenheit des Schmerzes in dieser schönen Welt ins Bewusstsein und entblößt die durch das Sein bedingten Defekte des Seins an sich.‹

Er hatte versucht zu schlafen, aber schon bald feststellen müssen, dass er dafür viel zu müde war. Seine Nerven waren völlig überreizt, sobald er sich hinlegte, drehte sich alles um ihn im Kreis, während sein Körper sich nichts so sehr zu wünschen schien, wie aufzustehen und die Füße zu bewegen. Also hatte er eine Jacques-Brel-Platte aufgelegt und tigerte anschließend mindestens ein Dutzend Mal zwischen Wohnzimmer und Küche hin und her. So hatten sich die vorausgegangenen Ereignisse allmählich in seinem Gedächtnis ablagern können, jedes in der ihm zugehörigen Windung. Dazu hatte er Unmengen Kaffee getrunken, sich unaufhörlich geräuspert und war immer wieder auf den Balkon hinausgetreten, um zu sehen, ob es über der Cava Baja schon hell wurde, bis er schließlich geglaubt hatte, aus der nahe gelegenen Churrería den Geruch von heißem Bratöl wahrzunehmen. Daraufhin hatte sich sein Magen ganz langsam geweitet, während seine Finger das Bedürfnis kundgetan hatten, endlich wieder mit zartem, frisch bedrucktem Zeitungspapier in Berührung zu kommen.

Als er sich anzog, kam es ihm vor, als würde er sich nackt in Glassplittern wälzen. Aber er beachtete die Schmerzen einfach nicht und ging trotz aller Zweifel die Treppe hinunter und auf die Straße hinaus. Zum Frühstück verdrückte er in der Bar an der Ecke ein Glas Orangensaft, eine weitere Tasse Kaffee und drei dicke Churros und blätterte dabei in einer Sportzeitung. Am Kiosk gegenüber, der gerade erst öffnete, kaufte er zwei Tageszeitungen und eine Zeitschrift, der eine DVD über die Osterinsel als Geschenk beigelegt war. Mit dieser Beute unterm Arm machte er sich gemächlich auf zur Plaza de Jacinto Benavente.

Unterwegs beschloss er, beim Portón vorbeizusehen, aber sein schüchternes Klopfen an der Eingangstür blieb unbeantwortet. Während sich über ihm ein unendlich blauer Himmel ausbreitete, der einen der letzten warmen Tage des Jahres ankündigte, entschloss er sich, bei der Gelegenheit gleich noch seinem zweitliebsten Ort einen Besuch abzustatten, sprich: sein Büro aufzusuchen. Er liebte es, Umschläge aus dem Schlitz des überquellenden grauen Briefkastens zu retten, bevor sie auf den Boden fielen. Anschließend quetschte er sich in den winzigen Aufzug und redete sich beim Hinauffahren in jedem Stockwerk aufs Neue ein, dass er sehr wohl Anlass habe, sich glücklich zu fühlen und so bald wie möglich loszuziehen, um einen Strauß Nelken zu kaufen oder im nächstgelegenen Park welche zu stehlen, um sie, wie auch an allen folgenden Tagen, in einem Zimmer zu übergeben, wo in nicht allzu weiter Ferne keine Krankenschwester mehr mit gezückter Injektionsnadel zu erscheinen brauchte, denn dann wäre Frühling, und sie wäre wieder frei und ganz die Seine und nur für ihn da.

Leise vor sich hin pfeifend, schloss er auf und betrat sein Büro, auf dessen Boden sich in dünnen hellen Streifen das von der Jalousie gefilterte Sonnenlicht abzeichnete. Als er den Packen aus Briefen und diversen Zeitungen auf dem Schreibtisch abgelegt hatte, ging hinter ihm unerwartet schnell und geräuschvoll die Tür zu. Er brauchte kein Licht anzumachen, um die kleine Gestalt, die sich rechts von ihm von der Wand löste, geschweige denn den massigen Körper, der von links auf ihn zutrat, zu erkennen.

»Diesmal hast dus echt verbockt …«, murmelte die traurige Stimme von Chrysostomus, während ihn vier flinke Hände von oben bis unten abtasteten.

Cabria hatte allerdings beschlossen, dass er mittlerweile zum Glück mehr als genug Schläge eingesteckt hatte, weshalb er sich weigerte, seine gegenwärtige Lage als Problem zu betrachten. »Die Mühe könnt ihr euch sparen, mein Revolver liegt bei Gericht. Außerdem solltet ihr wissen, dass die Richter zurzeit großes Interesse an mir haben. Sie brauchen mich als Kronzeugen. Also macht euch nicht unnötig das Leben schwer …«

Die beiden setzten unbeeindruckt ihre Arbeit fort. Cabria, der durchaus kitzlig sein konnte, wurde es irgendwann zu viel. »Ich dachte, wir sind Freunde.«

Das plötzliche Auftreffen eines Schuhes der Größe 45 in Höhe seiner Nieren gab ihm unmissverständlich zu verstehen, dass man in Bezug auf ihre Freundschaft sehr wohl unterschiedlicher Ansicht sein konnte. Da die von dem Fußtritt vorgegebene Richtung zur Bürotür wies, stürzte Cabria sich eben dorthin, heftig mit den Armen rudernd, um das Gleichgewicht nicht zu verlieren. Darüber geriet er allerdings so sehr außer Atem, dass seine Besucher ihn unter den Armen packen mussten, um ihn aus dem Büro und anschließend die Treppe hinaufzuschleifen. Ganz oben angekommen, ließen sie ihn los und gewährten ihm, höflich wie sie waren, fünf Minuten, um wieder ein wenig zu sich zu kommen, vor allem aber, um sich darüber klar zu werden, dass er sich nicht nur bei strahlendem Sonnenschein auf einer Madrider Dachterrasse befand, sondern dass seine dämlichen, schlaffen Beinchen außerdem wieder einmal von einer Dachkante baumelten, hoch über den die Straße entlanghetzenden Köpfen der Passanten.

»Wir haben Sie wieder dorthin gebracht, wo wir Sie neulich gefunden haben, Herr Detektiv. Ihr Ende hat sich also bloß ein bisschen hinausgezögert. Wenn Sie wollen, sagen Sie uns Danke schön. Aber dann springen Sie bitte auch. Los, auf gehts.«

Cabria drehte sich um, um sich zu vergewissern, dass die Stimme, die ihn so fröhlich ermunterte, sich auf die Straße hinabzustürzen, wirklich zu Botines gehörte. Tatsächlich, da stand er, auf seinen Absätzen, mit Augen, die unter dem makellos weißen Filzhut blitzten wie noch nie, während der Stock, um den sich seine Hand krümmte, leise zitterte.

»Sehen Sie mich nicht so an, Herr Detektiv, springen Sie lieber endlich. Oder sollen wir ein bisschen nachhelfen? Glauben Sie mir, meine beiden Gehilfen hier reißen sich darum.«

Die Angesprochenen nickten bedächtig, und eine magere, ziemlich überrascht wirkende Taube, der jede Menge Federn fehlten, ließ sich auf Krallen, die auch nicht mehr ganz vollzählig waren, neben Cabria nieder. Ihre kreisrunden schwarzen Augen nahmen ihn abwechselnd ins Visier, bevor ihr zerzauster Körper seinerseits zu einem nervösen und ziellosen Tanz an der Dachkante ansetzte.

»Das ist doch Unsinn, Botines. Ich habe den Fall gelöst. Wenn Sie wollen, schreibe ich Ihnen einen Bericht dazu.«

Das Lachen des Greises war nicht unbedingt als wohltönend zu bezeichnen.

»Bericht, dass ich nicht lache! Sie haben sich nicht an unsere Abmachung gehalten, Cabria. *Ich* hatte Sie mit der Untersuchung beauftragt, aber inzwischen hat jedermann im Viertel erfahren, was dabei herausgekommen ist, nur ich nicht. Ich kann Lügner nicht ausstehen und Betrüger genauso wenig. Also los jetzt, Cabria. Sie müssen sich bloß einen Ruck geben. Springen Sie endlich!«

Recht hat er ja, sagte sich Cabria, er brauchte sich bloß einen kleinen Ruck zu geben. So einfach war das. Auf einmal schien ihm Botines' Aufforderung in moralischer wie logischer Hinsicht durchaus nachvollziehbar: Es ging darum, ein Versprechen zu erfüllen, schließlich hatte er ein paar Tage zuvor, aufgrund eines Zufalls oder schlichtweg aus einer Laune heraus, seinen Selbstmord kurzerhand aufgeschoben. Er war seinen drei Geschäftspartnern noch immer etwas schuldig, und die einzige Möglichkeit, diese Schuld zu begleichen, bestand offensichtlich in einer Landung, ohne Fallschirm, auf dem dreckigen Gehweg der Calle Doctor Cortezo. Um der Sache das i-Tüpfelchen aufzusetzen, hätte es allerdings davor noch einer abschließenden Beichte bei seinem Bruder bedurft, schließlich hatte er drei schwer verletzte Italiener auf dem Gewissen, die in diesem Augenblick im Krankenhaus ums Überleben kämpften.

Es stimmte wirklich. Mit einem beherzten Sprung in die Tiefe ließ sich die Ordnung wiederherstellen, ganz wie es sein geschätzter Auftraggeber Andrés Escribano Antúnez, auch bekannt als Botines, von ihm forderte.

Mühsam rappelte Cabria sich also hoch und stellte sich, fast zu voller Größe aufgerichtet, an die Dachkante. Seine Krawatte flatterte im lauen Herbstwind, während er die Fußspitzen vorsichtig über den Rand hinausschob und die Stelle tief unter ihm anvisierte, die den Schlusspunkt seiner ohnehin wenig bemerkenswerten Biografie darstellen sollte. Die unglückselige hysterische Taube neben ihm hüpfte immer aufgeregter hin und her.

»Darf ich mir noch drei Dinge wünschen?«

Hinter seinem Rücken ertönte ein dreistimmiges, schmutziges Lachen, für Cabrias Geschmack ein wenig zu schmutzig. Schließlich hätte er den dreien gerne erklärt, dass man sich auch in seiner Lage sehr wohl noch etwas wünschen konnte, zum Beispiel mit einem fetten Zigarrenraucher abzurechnen, der ein schlechter Verlierer gewesen war und in einer gar nicht lange zurückliegenden Nacht eine Pokerpartie im Hotel Álamo nur unterbrochen hatte, um ihn, Cabria, zu verpfeifen. Weiter beherbergte er an irgendeiner Stelle seines Körpers auch den Wunsch, einer allzu früh verwitweten Frau ein kleines Schlüsselchen samt Silberkette auszuhändigen. Außerdem hätte man es ihm wohl kaum zum Vorwurf machen können, geschweige denn darüber lachen dürfen, dass er sich wünschte, noch einmal im Perlora eine Portion Garnelen zu verzehren, um anschließend im Portón César bei einem Gin Tonic mit Mandeln von seinen jüngsten Abenteuern zu erzählen und ein letztes Mal am Roulette des Lebens teilzunehmen, indem er glücklos wie immer einen Lotterieschein ausfüllte.

Die Sonne stand mittlerweile schon recht hoch am Himmel, das Gelächter hinter ihm wurde leiser, und die Taube setzte irgendwann zu einem Flug an, frei von jeder Eleganz, um auf einer anderen Dachterrasse ihr Glück zu versuchen. Der widersinnigen Logik seiner gegenwärtigen Lage folgend, nahm Cabria all das zusammen als stillschweigende Aufforderung, sich seinerseits endgültig in die Tiefe zu stürzen.

Er bekreuzigte sich, ging in die Knie, doch als er schon springen wollte, fiel ihm siedend heiß ein, dass er die Wohnungstür nicht richtig abgeschlossen hatte.

Dazu kam gleich darauf eine Reihe wüster Flüche und Beschimpfungen, die über die Dachterrasse hallten – aber sollte er, der in diesem Augenblick streng genommen nichts anderes war als ein lebendiger Leichnam, sich tatsächlich darum kümmern, was seine Madrider Nachbarn an einem sonnigen Vormittag wie diesem umtrieb?

Zuletzt war die Neugier trotz allem stärker, und er warf einen Blick über die Schulter, nur um sich einmal mehr bestätigen zu lassen, dass die Wirklichkeit die Fiktion noch immer um vieles übersteigt: Meléndez' riesige Dienstwaffe in der Hand haltend, stand dort eine schmächtige Gestalt mit Pferdeschwanz und zielte, unverständliches Zeug schreiend, auf Botines und seine Männer.

Wie hypnotisiert von der unwirklichen Szene, drehte Cabria sich um und ließ sich auf der Dachkante nieder, um zu verfolgen, wie es weiterging.

»Jetzt reichts aber wirklich, verdammt noch mal!«, platzte es aus Vitriolo heraus, der daraufhin gleichzeitig die Zähne zusammenbiss, die Augen zukniff und abdrückte. Der Schuss hallte dumpf und metallen von Wäschestangen und Antennen wider, während die Kugel einen halben Meter von Botines' Schnurrbart entfernt in einen Kamin einschlug.

Botines' zwei Helfer sahen sich entsetzt an, ließen ihre Waffen fallen und hoben die Arme, um gleich darauf in Richtung der Tür zur Dachterrasse den Rückzug anzutreten, während Botines seinen Hut auf den Boden schleuderte und wütend darauf herumtrampelte.

Anschließend reckte er drohend die Faust gen Himmel und ließ seinen Stock durch die Luft sausen, folgte zuletzt aber seinen Männern und verschwand. Die Luft war plötzlich frisch und rein wie im Wald nach einem Gewitter. Cabria weigerte sich, vorläufig auch nur einen Gedanken an das soeben Vorgefallene zu verschwenden, und zündete sich stattdessen eine Zigarette an. Er fand es ganz normal, dass Vitriolo sich neben ihm niederließ und sich ebenfalls eine ansteckte.

»Jetzt sind wir quitt«, sagte er, nachdem er drei kräftige Züge genommen hatte. »Ich war dir noch einen Gefallen schuldig.«

Der Detektiv nickte, was er aber ohnehin getan hätte, ganz egal, was für einen Kommentar Vitriolo in diesem Augenblick abgegeben hätte. Im Viertel war man inzwischen endgültig wach geworden. Lustlos wurden Jalousien hochgezogen, Registrierkassen eingeschaltet und vor dem Aufbruch zur Arbeit noch rasch die Hunde über die Plaza de Tirso de Molina geführt.

Als er zu Ende geraucht hatte, stand Vitriolo auf und ging mit seinen kurzen, hinkenden Schritten zur Tür der Dachterrasse. »Man sieht sich.«

Cabria blieb sitzen und rauchte weiter. Irgendwann setzte das Geläut erst von zwei, dann drei oder sogar vier Glocken ein. Ein Taubenschwarm rauschte über den Himmel und schrieb ein Fragezeichen in die Luft, so kam es Cabria wenigstens vor.

Er warf einen Blick auf die Uhr: Punkt neun.

Neun – *ungerade und rot.*

Óscar Urra

Óscar Urra, geboren 1970 in Madrid, studierte spanische Literatur- und Sprachwissenschaft. Er arbeitet beim öffentlich-rechtlichen Radio als Redakteur, Moderator und Programmleiter und hat mehrere Bücher zu literaturwissenschaftlichen Themen veröffentlicht. Sein Debütroman *Poker mit Pandora* kam in die Endauswahl für den besten Kriminalroman des Jahres und wurde in die »Schwarze Liste« (*La lista negra. Nuevos culpables del policial español* 2009) aufgenommen. Óscar Urra, die neue Stimme in der spanischen Kriminalliteratur, ist sprachlich und erzähltechnisch ein Virtuose.

Bibliografie

Romane: *A timba abierta* (2008; dt. *Poker mit Pandora,* 2011) und *Impar y rojo* (2009).

Óscar Urra hat neben Romanen auch literaturwissenschaftliche Bücher und Aufsätze veröffentlicht.

Der Übersetzer

Peter Kultzen, geboren 1962 in Hamburg, studierte Romanistik und Germanistik in München, Salamanca, Madrid und Berlin. Er lebt mit seiner Familie als freier Lektor und Übersetzer spanisch- und portugiesischsprachiger Literatur in Berlin.

Óscar Urra über Óscar Urra

Als kleiner Junge habe ich einmal beim Schein einer Taschenlampe, während mein Bruder in dem Stockbett unter mir schlief, in einem Rutsch *Die Rache des Sandokan* von Emilio Salgari durchgelesen. Wenig später verschlang ich Unmengen von Detektivromanen, und auch als Gymnasiast vertrieb ich mir noch die Zeit damit, Gedichte auswendig zu lernen, Verse zu schmieden und mir Erzählungen auszudenken, die ich aber nie zu Ende brachte. Was ich damit sagen will, ist, dass ich gut dreißig Jahre später vielleicht weniger ein Literaturlehrer bin, der schreibt, als vielmehr ein Kind, das einmal Schriftsteller werden wollte, dann aber erst einmal Literaturlehrer geworden ist.

Ein Buch war für mich damals etwas mindestens so Kostbares wie ein Fußball, ein wunderschöner Gegenstand, der dazu da war, dass man ihn berührte, ein Mittel, das einem unmittelbar Lust bereitete. Ich las schlichtweg alles, was mir in die Hände fiel, Bücher für Erwachsene genau wie Kinderbücher, Texte, die in Großbuchstaben gedruckt und mit Illustrationen versehen waren, wie Texte in langen Reihen von Terzetten. Doch mit der Zeit wuchs das Verlangen (ein unwiderstehliches Verlangen, wie das des Fischers, wenn er in weiter Ferne das Meer sieht), auf die andere Seite des Flusses, des Spiegels, des Blattes zu gelangen. In die alte Rüstung zu schlüpfen. Die Marionette in Bewegung zu setzen. Endlich eine Geschichte zu erzählen. Zu schreiben.

Ganz so weit war ich damals aber noch nicht. Meine jugendliche Begeisterung richtete sich zunächst vollkommen auf die Musik. Die Neunzigerjahre verbrachte ich damit, mir Gitarrengriffe und Liedtexte anzueignen, ein Auge immer auf das Instrument gerichtet, das andere auf die Wirklichkeit, die von mir wie von jedem Kind der Arbeiterklasse verlangte, dass ich mir einen Job suchte, egal was, als Ladenhilfe, Laufbursche, Regalauffüller im Supermarkt, Kellner … Meine Gymnasialzeit lag schon bald hinter mir, wie ein kurzer Traum. Ich wechselte mehrfach den Job und das Studienfach, schaffte es aber zum Glück, schließlich das Studium zu beenden, das am besten zu mir passte: Spanische Philologie. Damals schrieb ich auch meine ersten kurzen Erzählungen, merkte aber, dass ich dabei unwillkürlich den Tonfall und den Stil der Autoren nachahmte, die ich gerade las – ich hatte keinen eigenen Stil, dessen war ich mir zu meiner Verzweiflung nur zu bewusst. Heute weiß ich allerdings, dass diese *imitatio auctoris* mir gutgetan hat, sie war ebenso notwendig wie das Absolvieren der Universität, die mit der Lektüre der klassischen Autoren der spanischen Literatur zugebrachten Vormittage in der Bibliothek oder auf dem Rasen des Campus und die nächtlichen Treffen mit anderen Literaturstudenten, bei denen in ein und derselben Unterhaltung die Namen Borges, Chandler, Valle-Inclán oder Góngora auftauchen konnten. Noch einmal las ich sämtliche Abenteuer von Sherlock Holmes wie auch, jedes Mal, wenn ein neuer Band erschien, die von Pepe Carvalho – um nur zwei Beispiele hervorragend geschriebener Kriminalliteratur zu nennen, die an den Universitäten Wertschätzung fanden und in deren Studienprogramme aufgenommen wurden, auch wenn ihre Autoren selbst sie vielleicht nicht richtig ernst nahmen.

Ein Grund dafür, dass die Kriminalliteratur so oft als minderwertig betrachtet wird, ist die Auffassung, da es in der darin geschilderten Welt – für gewöhnlich eine Welt am Rand der Gesellschaft oder eine Welt, die in Auflösung begriffen ist – grausam und gewalttätig zugehe, müsse auch die für deren Darstellung verwendete Sprache einfach und direkt sein und auf alle stilistischen Finessen verzichten, eben so, wie wenn jemand einfach mal mit der Faust auf den Tisch haut. Viele Leser, aber eben auch Autoren von Kriminalromanen sind dieser Meinung. Hundert Jahre nach Marinetti habe ich Kollegen lautstark verkünden hören, Adjektive hätten in einem *roman noir* nichts zu suchen. Der Einsatz von Metaphern kam dabei kaum besser weg. Wer sich nicht daran hält, muss mit freundlichen oder auch weniger freundlichen Vorwürfen rechnen. Woran mag das liegen? Haben doch weder die Begründer des Genres, an erster Stelle Poe, und nach ihm Chandler und Hammett, noch deren Kinder, Georges Simenon zum Beispiel, und ebenso wenig ihre Enkel – denken wir nur an Manuel Vázquez Montalbán – sich einer einfachen und direkten Sprache bedient, sondern oft tagelang am Stil ihrer Texte herumgefeilt. Wie jeder nachprüfen kann, verzichten diese Texte aber auch sonst in keinerlei Hinsicht auf all das, was gute, anspruchsvolle Literatur ausmacht. Vielleicht rührt die falsche Erwartung auch bloß daher, dass sich Autoren von Kriminalromanen genauso wenig wie die Autoren anderer Arten von Literatur der Vorherrschaft einer Kunstsprache entziehen können, die nicht erst seit heute den Ton angibt – die des Films natürlich.

Nach der Universität wartete – wie für die meisten von uns – erst einmal der Sprung ins kalte Wasser prekärer Arbeitsverhältnisse. Zwischen Gelegenheitsarbeiten und den regelmäßigen Schwierigkeiten, das Geld für die mit anderen geteilte Wohnung in den Bergen bei Madrid aufzutreiben, gab es jedoch auch zwei gute Neuigkeiten: Zwei meiner Erzählungen wurden bei Wettbewerben für Kriminalliteratur ausgezeichnet und veröffentlicht, und, was für meine schriftstellerische Entwicklung viel wichtiger war, ich fing an, am Wochenende für einen öffentlichen Radiosender zu arbeiten. Eigentlich wurde ich dafür bezahlt, frühmorgens das Studio aufzuschließen, am späten Abend alles wieder zuzumachen und in der Zwischenzeit für einen reibungslosen Programmablauf zu sorgen. Bald schon beteiligte ich mich aber auch an Musik-, Literatur- und Filmsendungen. Was man beim Radio nicht alles lernt! Manchmal musste ich im Auftrag der Stadtverwaltung, die das Radio betrieb, in aller Eile Texte redigieren. Oder ich verfasste in stundenlanger Arbeit ganze Sendungstexte, die ich immer wieder auch vortragen musste (egal ob es sich um erzählerische Texte, Reportagen, Kommentare, Nachrichten oder was auch immer handelte). Manchmal übernahm ich auch selbst Sprecherrollen in einer Hörspielserie. Bei der Arbeit fürs Radio muss man immer die Hörer mitbedenken, alles muss so ausgesprochen und formuliert werden, dass es zum Zuhören verführt und immer verständlich bleibt. Wenn man beim Schreiben im Bewusstsein hat, dass alles, was man schreibt, anschließend vorgelesen werden soll, ändert das die Art, wie man schreibt, man wird genauer, schärft sein Bewusstsein für die Ausdrucksmöglichkeiten der Stimme und der Worte. Mein Stil, wie auch immer er heute beschaffen sein mag, ist durch die Arbeit für das Radio geformt worden, auch wenn mir das damals nicht bewusst war.

Um schließlich den großen Schritt zu wagen und sich an die Abfassung eines Romans zu machen, braucht es nicht nur das nötige Handwerk und die richtige Idee, es müssen darüber hinaus auch günstige Umstände eintreten. In meinem Fall war es so weit, als meine Freundin für eine wichtige Prüfung lernen musste. Ich arbeitete damals bereits als Lehrer an einer Sekundarschule. Für die Sommerferien mieteten wir zusammen ein Häuschen in einem kleinen Dorf in Galicien. Alles, was es dort gab, waren Ruhe und Abgeschiedenheit. Ich hatte einen angefangenen Roman mit im Gepäck und beschloss, ihn auf dem Dorf fertig zu schreiben. Dort konnte man sicher sein, dass man stundenlang arbeiten konnte, ohne vom Telefon unterbrochen zu werden – es gab keins. Als ich fertig war, gab ich den Text zwei oder drei Freunden zum Lesen. Vielleicht war tatsächlich der Augenblick gekommen, ihn zu veröffentlichen. Mein guter Stern brachte mich mit einem jungen Verlag voller fabelhafter Ideen in Verbindung. Ich schickte das Manuskript von *Poker mit Pandora* dorthin und schlug vor, eine Serie daraus zu machen. Damit nahm das literarische Leben des gescheiterten Detektivs Julio Cabria seinen Lauf. Zwei Jahre später sitze ich am dritten Band. Und frage mich schon seit einer ganzen Weile: Wer ist eigentlich dieser spielsüchtige Julio Cabria? Wie zum Teufel bin ich auf die Idee gekommen, Krimis zu schreiben? Als ob ich etwas Neues zu diesem Thema beizutragen hätte ... Aber was macht überhaupt einen Kriminalroman aus? Was meinen ersten Roman betrifft, den ich eines noch gar nicht so fernen Sommers in aller Freiheit und Unschuld abgefasst habe, bin ich irgendwann zu dem Urteil gekommen, dass ich jedenfalls nicht völlig falsch lag. Damit meine ich nicht, dass er sich tatsächlich einigermaßen verkauft hat, die Kritiken gut waren und die Leser ihren Spaß an der Lektüre hatten. Vielmehr hielt ich beim Abfassen meines ersten Romans dem Genre, bei dem ich Unterschlupf gesucht hatte (dem geliebten und bewunderten Genre des *roman noir*), auf die einzig mögliche Art die Treue: indem ich seine Tradition respektierte und zugleich verriet. Veränderte. An die Gegenwart anpasste. Wie das? Indem ich einerseits die typischen Bestandteile eines Kriminalromans in einer Reihe von Vierteln des Madrider Stadtzentrums ansiedelte, in denen sich eine reichlich merkwürdige Mischung von Figuren, geschichtlichen Epochen und sozialen Schichten vorfindet. Andererseits, indem ich einen Stil entwickelte, der nicht auf Stilmittel und Erzähltechniken verzichtete, die häufig der sogenannten »großen Literatur« vorbehalten bleiben. Zum Helden wählte ich einen Privatdetektiv, weil dieser als einzige Figur in der Lage ist, den Leser die Dinge aus Sicht des Gesetzes, des Verbrechers und seiner, des Detektivs, selbst sehen zu lassen.

Schreiben ist ein schwieriges und geheimnisvolles Unterfangen, das einem hin und wieder großes Vergnügen bereiten kann. Eines der größten besteht für mich darin, das, was ich geschrieben habe, in eine andere Sprache übersetzt vorzufinden. Bei der Aussicht, Julio Cabria, Meléndez oder Vitriolo Deutsch reden zu hören (also eine Sprache, die ich gelernt habe und von der ich begeistert bin), vernehme ich im Inneren meines Lehrerkörpers ein entzücktes Lachen. Und ich frage mich, ob diese Übersetzung nicht der neueste Streich eines Kindes ist, das einst davon träumte, Schriftsteller zu werden.

Weiter lesen mit dem Unionsverlag …

LEONARDO PADURA *Der Mann, der Hunde liebte*

Ein rätselhafter Mann, der mit seinen beiden Windhunden am Strand spazieren geht, erzählt dem kubanischen Schriftsteller Iván die Geschichte des Trotzki-Mörders Ramón Mercader. Doch woher kennt dieser Unbekannte alle Facetten aus Mercaders Leben? Mehrere Jahre hat Leonardo Padura an diesem vielschichtigen Roman gearbeitet. Er ruft uns die Schauplätze der Weltrevolution in Erinnerung, erweckt ihre Protagonisten zu neuem Leben, zeigt sie in ihren Hoffnungen und zieht die Bilanz ihrer Niederlagen.

MAURICE MAETERLINCK *Das Leben der Bienen*

Der zu seinen Lebzeiten gefeierte Nobelpreisträger Maurice Maeterlinck war auch ein passionierter Bienenzüchter. *Das Leben der Bienen* fand in zahlreichen Sprachen weite Verbreitung. Sachlich und präzis, aber mit berückender Sprachkraft schildert es die faszinierenden, rätselhaften Ereignisse im Bienenstock. Der Naturforscher in Maurice Maeterlinck verbindet sich mit dem Denker und Dichter, der den Wundern der Natur nachspürt und das Staunen nicht verlernt hat.

FRANCINE DAVID *Die Grabräuber – Meine Zeit im Tal der Könige*

Eine Schweizer Fotografin fährt nach Ägypten. In Luxor verliebt sie sich, heiratet einen Ägypter und stellt fest: Nun gehört sie zur Sippe der Abd el-Rassuls, der berühmten »Grabräuber-Familie«, die seit Jahrhunderten das Tal der Könige beherrscht. Allmählich dringt sie ein in die Geschichten dieser Familie, die seit den ersten Tagen der Archäologie mehr über die großen Archäologen weiß, als in den Geschichtsbüchern steht.

Mehr über alle Bücher und Autoren auf *www.unionsverlag.com*